深夜的人

隱地著

爾雅出版社印行

深夜讀《清晨的人》（代序）

丁邦殿

隱地筆下的西元一九七五年，那是充滿焦躁且有希望的一年，政治的、文學的、藝術的，多采多姿的開展著。那也是文學的「爾雅出版社」誕生的一年——一家小而美卻影響無數人的出版社。

「爾雅」出版的第一本書是王鼎鈞的《開放的人生》。套用隱地的話，「是一本使我們成長的書，也是一本給我們智慧的書。」我不但自己閱讀也曾經推薦給學生，想來他們也一定會介紹給子女，那是一本影響深遠的書，許多人的生命從此不同。第二本書是琦君的《三更有夢書當枕》，如今它還是我案頭書堆中的一本，當心情低落時，當對人性失去信心時，我能從中找出一些美好，有一股暖流撫慰心頭。

今年適逢爾雅四十周年，四十年來它出版了八百種文學叢書，秉持著興趣理想與信念，在文學的花園中勤耕不輟。可是大環境的變遷，人們早已遠離書本，每天在手機上滑來滑去，寫著沒有營養的短句，點送著各式的貼圖，只有浮光掠影，細細想來當真蒼白無味，再也沒有往昔書中雋永低迴的文句，也缺乏苦澀中的甜美，哀愁中的美麗了。難怪隱地感嘆「只有演戲的人，已經沒有看戲的人」。

許多的作家，許多的作品，一一的在《清晨的人》——「爾雅四十周年回顧散章」裡出現，那些我們曾經仰望的作家，親切的出現在我們眼前，那些讀過的或者失之交臂的作品，重新被提起被介紹，一切都鮮活過來，許多文學花園中的參天巨木，似錦繁花，讓人心生嚮往，好像聽故事一樣，嘆息一千零一夜太短了，還不停的在心中問著：然後呢？然後呢？

已經深夜一點多，爾雅的故事來到一九八五年，十年間「爾雅」出版了兩百多本書，好書不厭百回讀，多麼燦爛輝煌的十年！時間從不為誰停留，而一心投入文學出版的「爾雅」，除了個別作家的作品，也盡心在「年度短篇小說選」、「年度詩選」、「年度文學批評選」，為現代文學留下精采的紀錄。

四十年來，「爾雅」八百種書，和新詩有關的書竟有一百三十五種之多，這是怎樣的一位出版家，竟有如此勇氣，出版擺明難銷的詩集。原來是因為「人生無詩會無趣」，更神奇的是，後來連出版社老闆自己都跳進去成了詩人，五十六歲才寫詩的出版人，一樣可以大放異彩。詩人說「詩是大地上的花樹。詩是日月之光。大自然的風雪雨露，都是詩。」詩人說「任何人只要肯走進詩裡去，都會採到鮮花和陽光。」所以當「人人都有困境」的年代，隱地又丟出一本詩評集《讀一首詩吧！》。

夜裡兩點多了，「爾雅」也邁入一九九五年，社會氛圍一團混亂的一年，幸好還有一本本的好書伴我們度過長夜漫漫，「在有限的生命裡，種一棵無限的文學樹。」外在的環境再喧囂，書中自有一片靜謐的天地；外在環境再污濁，書中自有一方清淨的所在。

看看時鐘三點十五分，《清晨的人》——「爾雅四十周年回顧散章」，也進入成立三十周年的二〇〇五年。儘管這一年地球失控，氣象反常，但是過去的十年間，還是有許多有使命感的作家。出版家繼續努力著，寫好書、出版好書，挽救著苦惱困惑的靈魂，寫人生的悲喜，訴說生命的故事，不斷地送著禮物給苦難的人類（隱地原句是「文學藝術是老天送給苦難人類最好的禮物」）。

天快亮了，現在是二〇一五年八月，我正讀著隱地《清晨的人》——「爾雅四十周年回顧散章」的最後幾頁，臺大博士生李令儀和隱地對談「文學興旺」的年代；徐開塵訪隱地，說「爾雅五書」的故事，還有書後附了無數爾雅叢書的封面書影，往事歷歷，是一本寫不完的書。書中更強調「王鼎鈞回憶錄四部曲」，余秋雨「文化苦旅」及圖文版「新文化苦旅」六冊都是值得一讀再讀的好書。

掩卷沉思，那些我讀過的，還有正準備讀的，曾經豐富了我的人生，也將繼續增添靈魂的厚度。對於想要出版「全家人愛讀的書」的編者，一位作家，一位詩人，一位「生命中每一天的清晨永遠是清醒的」出版家，四十年如一日的努力執著，是最值得尊敬的人。掌聲，要的；喝采，要的；更重要的是作為讀者的我們不要忘記，要永遠支持讀好書，買好書，贈人以好書。

終於，我也成了一位清晨時「還清醒著的人」。

關於作者
丁邦殿，畢業於臺灣師範大學國文系，為臺北市立松山高商退休教師。曾任教臺北市永春國中、成德國中。現為爾雅書房讀書會生活寫作班學員。愛好旅行、閱讀。

深夜的人——爾雅四十周年回憶續篇

隱地

深夜讀《清晨的人》（代序） 丁邦殿 三
文學的回聲 一一
時空交會的緣分——寫在爾雅四十周年前夕 一三
悲喜交集 一七
忽然翻過一頁，就此改朝換代——廖志峰《書，記憶著時光》讀後 二一
二〇一五年八月二十九日深夜 二五
文學史的憾事（續篇） 二九
——附馬森《夜遊》後記 四五
——附古遠清〈吃了一隻辣椒〉 四七

琳瑯書滿目 五一
——附一〇〇本書的故事《爾雅》 五六
——附郭明福的信 六〇
種滿花，讓山頭變成一片紅 六三
——向小說家蕭颯致敬 六九
小鎮醫生、小葉及其他
——談蕭颯和蕭颯的小說
深夜十句 八一
中山堂記憶 八五
寫給講義雜誌林獻章的一封信 八九
——附林獻章回信 九二
卡拉揚和程榕寧 九三
拉住時間的書 九七
——附林貴真〈初心〉 九九
北平城南到臺北城南
——《城南舊事》出版五十五年瑣談 一〇三
懷念有陽光的日子 一一三

——附林海音《回到故鄉》 一一六
——附夏承楹（何凡）為《冬青樹》寫的序 一一八
秋夜裡想起一個叫冬青的名字 一二三
——附沈冬青的信 一二五
——附沈冬青《我其實仍然在花園裡》 一二六
二十九個名字 一三九
——附席慕蓉的短信 一六八
——附〈四點鐘的陽光〉 一六九
八百種「爾雅叢書」裡留著的光 一八九
問爾雅 二〇三
面對拋書丟書的年代 二一一
寫不完的書（代後記） 二一五
附錄
《遺忘與備忘》、《朋友都還在嗎？》
——文學年記人與事 汪淑珍 二一七
關於《微風往事》的兩封信 二二五
六十年來家國 凌性傑 二二九
和二〇一五年說再見（後記之後的後記） 二三五

咖啡的熱情的香氣
迎接杯子的邀請

隱地

附註

二〇一五年十一月四日，與陳育虹、簡白應邀參加郭強生《何不認真來悲傷》新書發表會，收到天下文化林天來兄送我一冊《九三人文空間》紀念冊，內有連我自己都忘了的兩句詩，帶給我陌生中熟悉的喜悅。

文學的回聲

四十年前，我怎麼那麼多點子，將一個應當安靜的文學出版社辦得熱熱鬧鬧，出書就出書嘛，怎麼還會想出要每個創作者在書後附上一張寫作年表，就是這張年表的累積，四十年後臺灣文學顯得一片豐收；還有為作家拍照，後來許許多多出版社的叢書上都有了作家相片，相片中的作家老了，可書上留下了作家青春年代的音容笑貌。

「年度小說選」、「年度詩選」、「年度文學評論」、「作家日記」……一年一本，讓人覺得臺灣文壇活力四射，接著「作家極短篇」、「十句話」、「光陰的故事」、「人生船」……文學啊，文學讓我想起一首歌——一樹桃花千朵紅，臺灣文壇曾經花繁葉茂，重慶南路上有多少學子流連於一家家書店，牯嶺街上也有千萬愛書人在尋寶淘寶希望從書裡找到智慧……從早年的東方、商務、開明、世界、中華、啟明、明華、新學友、文星、文源、文化、源成、金橋、書香林……而如今書店剩下不到十分之一……書店成為稀有產業，再也聽到有什麼人要開新書店的計劃，而往昔的千百種文學雜誌，如今安在？

還好，文學畢竟是一棵老樹，或許葉落枝衰但根仍在，文學的種子播在許多文學人的心底，不時地，他們仍徘徊在二手書店，也會和七、八文學同好組成讀書會，說著逝去的文學回憶，有些文學好書彷彿消失不見，只要覓得一本，翻讀幾段，所有的記憶立即回來了，文學的回聲，未因書的消隱而靜寂，有時靜寂的力量更大，當喧囂過去，文學在緩慢中走著自己的路，原來靜下心來沉思，靜下心來閱讀，才是文學真正的面貌。

生命是不停地翻牌，繼續往前走，卻也要不時地回頭瞧瞧，我在文學出版的道路上走了四十年，單單爾雅叢書就出版了八百種，四十年後揭曉，當然從未料到居然有一天這些書都會失去家，擺放它們的書店一一收攤，我想著文學的回聲，緩慢的我，此刻或許就是我最好的沉思時刻……我想，只有接納新環境的改變，下一步才能尋得新的道路。

原載二〇一五年七月二十日自由時報副刊

時空交會的緣分

——寫在爾雅四十周年前夕

一校、二校、三校、四校、五校……正日夜流著汗在為《隱地看電影》校對，先是接到了誠品書店倪玼瑜寄來二〇一五年七月出版的《提案》（第二十六期），這是誠品創業二十五年來，首次大篇幅報導爾雅，並於七月份選了二十種爾雅叢書，特為爾雅闢出一個平台優惠特展，四千冊書一下子衝進誠品，我心中忐忑的是，一個月後它們可不要全都退了回來。

剛在心底感謝著誠品，接著又收到七月號《文訊》（三五七期），封面上印著「爾雅不惑　文學無限」，就開始心跳，打開八十一頁，一篇篇讀下去，我整個人越來越心虛，等到齊老師的名字出現，又讀完歐陽子〈爾雅與我〉，我已全部虛空，這是多麼矛盾，受人溢美，我應感踏實，但太多美意蜂擁而至，讓我惶恐多於歡喜，整個人彷彿一覽無遺，我反而不像是一個實心的人。

這是生命的揭曉，也是翻人生的底牌，更是四十年後的時空交會——時空交會永遠是一樁神祕。我在辦爾雅的一九七五年，絕不會想到四十年後會出現這溫馨的一幕，但太多的「陽光」也讓我不自然了。

我不過只做了一件事——因愛書而愛上了文學，從此在文學園地流連不去，鼎公要我把姿勢站好，有時感覺累了，還好，老天給我一張床，只要睡醒起來，我又是一個「清晨的人」，我喜歡清晨。清晨的朝陽，總帶給人希望，是的，只要一天開始，總有一本書等待完成。四十年，八百種書，有時倦怠了，幸虧老天不忘每天給我一個新的日子。

新的日子，總是讓人充滿希望。

賣書困難，可做書是有趣的。一本書的完成，有許多過程，想到書完成之日作家的欣喜，以及擺到書店，如能受到愛書人的青睞，我彷彿看到年輕時候逛重慶南路書店街的快樂少年又復活了。

「為什麼從事出版？」允晨的廖志峰在他的新書《書，記憶著時光》中說：

「出版是一種抵抗，抵抗遺忘，抵抗庸俗。」

想到四十年後的時空交會，可能是前輩子很不容易修來的塵緣，除了感恩我還能說些什麼？

二〇一五年四月二十日初版

爾雅叢書 616

書就要送印前，發現還有一頁空白，想找一張合適的照片放在此頁。照相簿裡有太多來路不明的照片，而相片中的人大多熟悉，只是有些失蹤，有些失聯，有些還在身邊走動。左起蕭蕭、沈臨彬、隱地、姚宜瑛、劉延湘、向明、許露麟、姜穆……右起蔡文甫、李元洛、洛夫、管管、楊平。

悲喜交集

四十六年前，也就是一九六七年，出版過一本《隱地看小說》，如今以《隱地看電影》和昔日的自己遙望，隔著兩本書的時空，我看到了四個大字——「悲喜交集」。繼《傘上傘下》（一九六四）、《一千個世界》（一九六六）之後，《隱地看小說》是我的第三本書。

出版第三本書之後的八年，我一直還在軍中，先編《青溪雜誌》，後編《新文藝》，退伍之後進入《書評書目》雜誌，從主編到總編輯。一九七五年創辦爾雅出版社，四十年中，寫了四十五種書，《隱地看電影》是我「剪」出來的一本書，因為書中絕大多數篇章，全分散在我過往的五十多種書裡。

二〇一五年適逢爾雅創社四十周年，老人愛回憶，我每天都在翻尋舊信和舊物，也重讀自己的舊書，舊書裡竟然藏著許多關於電影的語言，可惜我只寫了「二〇〇二」

和「二〇一二」兩年日記，要是我年年寫日記，把所有看過的電影寫成觀影筆記，無法想像自己還會增加多少種書。

能夠留下一本和電影有關的書，這些日子讓我的情緒一直在亢奮之中。啊，我彷彿看到走進電影院時是一個寂寞的少年，走出電影院已成老者，在老者和少年之間，擠著一個快樂的影迷，穿進穿出電影院期間，他在編書和編雜誌，讀書寫書之餘，也在不停地尋找咖啡屋，漫遊在臺北大街小巷，一個上班族，一個趕路者，一個曾經嚮往歐洲的人，四十歲時他還出版了一本《歐遊隨筆》，五十五歲，留下一本《愛喝咖啡的人》，七十八歲，更多了一本和電影有關的書，至此，寂寞少年已成快樂老人。

真的快樂嗎？也不盡然，還是「悲喜交集」四個字最妥切。因為種種原因，我進電影院的機會少了，看電影還是要有熱情和力氣，我銳利的眼力弱了，人會老的，老人會自動縮小生活圈子，走進電影院需要腳力，不如我還是學學布紐爾，晨起喝杯咖啡，睡前再喝杯咖啡，中間有力氣，讀兩頁書，唯有讀書的時候，我感覺仍然年輕……

附註

二〇一五年九月下旬在電視上發現236台——CLASSICA——一個專門播放古典音樂和歌劇的音樂節目，令我心花怒放，午夜睡不著覺，可以收看《茶花女》、《風流寡婦》、莫札特《狄托的仁慈》、貝里尼《夢

遊女》和羅西尼《灰姑娘》等難得的節目，看著一座座宮殿般華麗的歌劇院，我彷彿又回到一九七七和一九九九年歐洲旅遊時趕場觀劇的壯年時代，令我感到生命昂揚而幸福。

也許你曾有過這樣的體驗，當你沉浸在閱讀中，世界變得安靜，時間也彷彿靜止，直到某個惱人的外力或聲音將你拉回現實。經由閱讀你好像找到一條通道，那通道通向一個你可以耽溺放鬆的世界，彷彿有個斑衣吹笛人吹起了奇幻的笛音，你一路跟隨，而後進入這難以具體名之的天地……然而閱讀本身提供一種自足的慰藉，殆無可疑。

——廖志峰

忽然翻過一頁，就此改朝換代

——廖志峰《書，記憶著時光》讀後

一九八九年之後，白先勇的重要作品從文星、晨鐘、遠景開始一分為二，一半在爾雅，一半在允晨文化，我也透過先勇的介紹，認識了在允晨上班的廖志峰，高高帥帥的一位年輕人，成為我的同業。

二〇一三年六月，我在《文訊》三三二期上讀到廖志峰專欄上的一篇〈側影〉。〈側影〉讓我側目，重讀細讀第二遍之後，我開始不放過任何廖志峰的文章，也介紹給好幾位有閱讀習慣的朋友，志峰的才華讓我折服。

磨劍二十年，廖志峰終於出版了他的第一本書——**《書，記憶著時光》**，讀完此書，我才知道，他最好的幾篇文章，全錯過了，我寫過五十種書說不清的事，廖志峰用一本書就說得明明白白：所有愛書的人，一旦翻讀《書，記憶著時光》，都會成為「愛書狂」——這本以書為主軸，環繞著書的歷史，上下古今，廖志峰寫來，彷若在寫書的百科全書，讓人驚異的，這是作者的第一本書，他到的地方也多，美洲、歐洲、中國大陸，為了編輯業務，他親訪作家，而他又是從最基層的搬書小兵做起，他對世界文藝思潮不陌生，對「閱讀器革命」的前因後果也了然於胸；台灣從事出版的同業，成天在倉庫打轉的少說也有三千人吧，我自己就是其中之一，寫過一首題為〈書的哭聲〉的詩，但未能像廖志峰以銳利慧眼，把倉庫刻畫得淋漓盡致，他寫出了倉庫的氣味，他說倉庫是「遺忘書之墓」，他指出倉庫具有廢墟的元素，在他眼裡，倉庫也是一個勞動場所，這讓為志峰寫序的封德屏也看到了這個場景——書從一樓搬到二樓，二樓搬到一樓，左腳右腳，右腳左腳，揹著書反覆登樓，直到汗流浹背……像進行陶侃搬磚的儀式……志峰在〈倉庫〉一文，如是描寫著在出版社工作時與書籍的肉搏接觸，一直寫到「書本最終會回到紙廠，目送裝滿一部箱型車的書，最終只賣得二百多元，剛好購買幾罐啤酒。書的告別式，有時白蟻也會摻一腳……」。

從「閱讀」、「寫作」、「書本」、「編輯」、「書店」、「倉庫」，這本「談書天地」的書，作者總是在問：「為什麼從事出版？」原來「出版是一種抵抗，抵抗遺忘，抵抗庸俗」。但令人意外的是，二〇〇七年十一月，當亞馬遜網路書店推出「電子書閱讀器」，點燃第一把火，把「閱讀器」從美國市場，越過大西洋進駐英國，甚至還越過太平洋進軍日本……紙本書的命運像是捲入碎紙機般的時代漩渦……

書本是文字的載體，從文字到卷軸到成書，再到無紙的過程，這其實是一個幾千年的文明歷程，忽然翻過一頁，就此改朝換代。

廖志峰說，「閱讀器的問世，把紙本書推回到新穴居時代」。

廖志峰不像我，他全面接受新的科技文明，他會使用新的載體，他在電腦終端機前，手機螢幕或閱讀器上讀完一本本新書，他享受著如福音的新科技，但同時又感覺好像少了什麼，讓他若有憾焉，忽然他從讀班雅明《迎向靈光消逝的年代》，自「靈光」二字想起了「紙韻」，是的，正是「紙的韻味」，或許會讓「紙本書」繼續在人間漂流，不致被「閱讀器戰爭」立即消滅。

附註

詩人向明讀了我這篇發表於中國時報「人間副刊」上的書評，他不認為紙本書的消失，是因為「閱讀器」的發明。他說很少人真的透過「閱讀器」在讀什麼電子書，錯，電子書情況一樣悽慘。整個問題是，再沒有人讀書，大家過著瑣碎平庸的日子，不再追求理想生活了。

拉力——拉著我向上，向善，給我力量，使我免於墮落。
反拉力也是一種拉力……
「被輕視」有時也會激出
我們內心另一股向上奮發潛能進而增強毅力……

——錄自《漲潮日》

二〇一五年八月二十九日深夜

我愛清晨，更愛深夜，比子夜更深的夜……

年輕時候一覺到天亮，從來不覺得那有什麼好說的，如今老來一夜要起來好幾回，才知能睡一個安穩的好覺就是一種人生幸福。

不過老人生活也有其自得其樂之處，子夜一時醒來，可以躲進書房聽一曲鄧麗君的〈夜來香〉，午夜三時，泡一杯杏仁茶，凌晨五時，開門望一下青黑色的天空，此時的空氣清新如處子，睡到七時終於起身。一個晚上，經過如此多節奏的迴旋，感受到夜的多姿多采，在寂靜的夜裡冥思默想，故人的一言一行彷彿都回到身邊，夜變得這麼豐饒，說來也是人生的異質風景。

深夜易沉思，沉思多半起因困惑，人到老來還能走出什麼新路，看來，一切美好都已過去，一條蒼茫的黃昏之路，越往前走，就越是黑，到底我要趕去哪裡？問到後來完全無解，就只好登樓睡覺，好在第二天清晨醒來，迎向室外晨風，我竟能完全忘記昨夜的苦澀，做早操，接著做早餐，吃得有滋有味，然後就快樂的上班去了，看來，我仍然是一個樂觀的人！

然而深夜來臨，閱讀、沉思，我的生活周而復始，沉思始，無解終……深夜登樓的步伐沉重，幸虧倒下去，有一張好床，我的福分是，只要倒在床上，沒有一分鐘就已入夢，就算一夜醒來數次，只要睡下，仍睡得香甜。

這樣說來，我害怕深夜嗎？不，相反的，我喜愛深夜，有了深夜的鬱苦，讓我不覺自己清晨快樂得浮淺。

偶爾也有豁然開朗的深夜，多半是讀到了意想不到的好書，特別是好小說，彷彿老天又予我一杯青春之泉，讓我全身舒暢有力，在深夜裡，我幾乎要大喊人生為何如此美好。

力，就是力！人有了力氣，什麼都覺得美好。

讀好的文學作品，讀到智慧之書，人，就是會長出力氣。

而八月二十九日深夜，我被馬森新的謊言打出了另一股力氣，當他四月二十五日在聯合報副刊發表〈吃到一隻蒼蠅〉，我隱忍並抑制情緒，決定不作任何回應，讓時間淡忘一切，畢竟，線頭由我拉起，當初若不去評他的書，世界一片「天清地寧」。沒想到馬森怒罵一次不過癮，隔了四個月又以投書方式，在另一本雜誌上編造新的謠言，深夜閱讀的我，突然化苦澀為力量，我決定要做一番澄清，是的，我的重點是要澄清。

《深夜的人》是《清晨的人》的續篇，原先只是一本感恩的書，如今書中加了我對批評和反批評的意見及看法——任何一本文學作品，無論詩、散文或小說，出版了就要有心理上的準備，隨時接受公眾的評論，何況是一本文學史，出現了錯誤謬失，以及有失公允之處，自當有接受別人批評的雅量，怎可動不動就說別人沒有學術水準，就算是一個普通讀者，我也有發表意見的權利。

剛忙完四十周年社慶活動，還不想動筆，只渴望休息，馬森的投書，讓我立即展開《深夜的人》開筆儀式，如果到了年底又有一本新書，這就是反拉力予我的力量，倒要反過來謝謝馬森了。

因為一篇書評就失去了朋友，可惜了，可惜了……

本來可以峰迴路轉，如今演變成這步田地，更是可惜了，可惜了……

〈文學史的憾事〉（初篇）刊於拙作
《清晨的人》（爾雅叢書六一六）頁一五一——一五九

文學史的憾事（續篇）

二〇一五年初，馬森的一二〇萬字三大鉅冊《世界華文新文學史》由印刻出版，由於讀後跟我想像落差太大，所以寫了一篇〈文學史的憾事〉（見拙作《清晨的人》頁一五一—一五九），在聯合報刊出，此文馬森讀後極端不悅，用攻擊性的言詞在聯副回我一篇〈吃了一隻蒼蠅〉，由於對我提出的許多謬誤都毫無回應，只是情緒性的謾罵，且丟出一些讓人啼笑皆非的謠言，我感覺此人人格有問題，不值得再理會，就讓時間淡忘一切吧。想不到馬森心中憤恨未消，隔了四個多月，繼續在《新地文學》以〈致編者信〉的方式更狠毒的向我開罵（我必須說明的是，他在這篇投書中並無一處指出我的名字，但任何人讀後都看得出來，馬森要罵的人正是在下隱地我，他或許會說，請你不要對號入座，其實何須我提出什麼證明，說你罵的人是誰，你自己心知肚明，若非心裡有鬼，會故意避開我的名字嗎？）

馬森寫文學史卻不讀作家的作品，對作家的評價，又完全拿不出自己的觀點，於是只好藉齊邦媛，余光中、葉石濤、夏志清、顏元叔、尉天驄、龔鵬程、陳芳明、王德威、瘂弦、高天生和張默等人的觀點，像灑胡椒粉似的四處噴灑，變成一本引文之書，馬森看了我的評文，不回答我為何缺少自己的意見，卻說「胡椒本是開胃的，殊不知佳餚中的確有撒些胡椒的必要，此正為拙作的特色之一」。

馬森啊，馬森，你也實在太扯了吧，這樣的回應，合乎你口口聲聲強調的「學術水準」嗎？

一本二〇一五年出版的文學史，所列作家相關書目，大都只列到二〇〇〇年，資料一缺就缺了十四、五年，實在說不過去，而你回應卻說「這只是初版本，筆者會繼續訂正。」

說得倒輕鬆，可不要忘了，這部書，馬森前後自稱寫了十五、六年，並非十五、六個月，更非十五、六個星期，「這只是初版本……」像這樣寫得馬馬虎虎的書，會有機會再版嗎？「筆者會繼續訂正」，難道還有十五、六年歲月可供你揮霍嗎？我認為這完全是一張空頭支票，就算你訂正了，補上十四、五年的缺漏資料，出版社會幫你補印嗎？

> 小說家王定國說：「人生每件事在出錯之前往往都是對的……」活得久一點，才看到人生真相後面的真相，雖然有些傷心，但我還是很高興終於知道了真相。
> 不過經由這樣的過程，認識一個人，付出的代價也未免太大了。

同一個馬森，說了完全不一樣的話，早在三十二年前我為他出書時，說我「是一個有見地的文學評論者」（見民國七十三年三月一日爾雅版《夜遊》，馬森的後記），一旦我批評了他的所謂文學史，馬森立刻說我是一個「打算盤的人」，居然撈過界也對文學史說三道四……馬森，一位深具「學術水準」的學者，寫起文章來竟如此信口開河。「學術水準」如此被他糟蹋，深夜裡，我為自己交到這樣的朋友悲哀，他罵我「瞎子」，或許有幾分道理。

這世上有說謊的人，但人說謊，有時有其不得已的苦衷，甚至有人說的是善意的謊言；至於謊話連篇的人，我們也時有所聞，但謊話與謊話之間，總間隔些時空，而能在一篇短短二千五百字的〈致編者書〉中，像連環套式一個接一個丟出謊言，謊言不夠，繼之以謠言，這真讓我開了眼界。且謊言謠言多係針對我而來，這是我生命中的遺憾，也是我回憶四十年爾雅美好時光中屬於「極為遺憾的部分」。

說來說去，還是因為馬森《世界華文新文學史》出版後，我寫了〈文學史的憾事〉一文惹的禍——我批評了他書中的缺失，引起他不快，我也能瞭解，但他和他的女弟子陳美美口口聲聲說我不具學術水準，馬森第一次回擊，刊於聯合報一〇四年四月二十五日，題目就下作〈吃了一隻蒼蠅〉，這是所謂具有「學術水準」的題目嗎？綜觀馬森先後兩篇文章，我看到的是一個氣急敗壞、暴跳如雷的人（至少我還稱他為「人」，在他文章裡，完全不把我當人，他說「世間既然有這種生物，也真使人無可奈何」）。看來學者馬森，完全忘了自己的身分，他的學術語言，全淪為情緒性的攻擊。一個能寫三大冊一百二十萬字的學者，為何不能心平氣和以具有學術水準的論述回應我對他大作提出的諸多疑點，卻只是連續性的謾罵，且反過來說我的評文「充滿了謊言與惡意」，「令人看後猶如吃了一隻蒼蠅」，把一位超過三十年以上的朋友（從一九八四年為他出版《夜遊》算起）說成「這種生物」，真虧他想得出來，說得出口。

馬森先生再無知，也應當知道早在一九六七年，就出版了《隱地看小說》的我，將近半個世紀，一直在寫作和編輯的園地裡，還擔任《書評書目》雜誌總編輯，怎麼可以說我隔行如隔山，「只是一個打算盤的人」。我一直關心文藝史料，自己也編過《近二十年的短篇小說選集編目》（與鄭明娳合編），作為「年度短篇小說選」和「年度詩選」的創辦人，對一本書名稱作《世界華文新文學史》這樣的書由關心而寫評，沒有資格嗎?就算一個普通讀者，對任何一本出版品難道不能發表意見嗎？何況，二〇一五年二月十日替你出書的印刻出版社，要我為你的書——前往重慶南路金石堂三樓舉行新書發表會時站台，那天剛好碰到爾雅辦尾牙，我以歉意的心情，回告出版社無法參加，但為了向馬森先生道賀，為他獨立完成的一百二十萬字文學史終於出書，我特地託我們社裡的趙經理，到羅斯福路「政大書城」購買一套，一方面表示贊助，一方面也希望讀過之後能為馬森寫幾句道賀的話，只是翻讀三大冊《世界華文新文學史》，越讀越讓我錯愕意外，已有陳芳明的《台灣新文學史》在前，不過四年，馬森新寫的文學史，應有一定的高度，至少該有雄心，比前一本文學史有過之而無不及，才有出版價值，如今後出的這本文學史，完全無前一本文學史的優點，卻多了前一本文學史沒有的笑話（譬如把散文分成十類，男作家的散文是剛性散文，女作家寫的是柔性散文，作家的新書資料一漏能漏十四、五年）於是，憑著自己的良心，我認為對這樣一本資料錯誤百出，又無自己觀點的所謂文學史，一定要站出來說幾句公道話，這類史料性的工具書會進入校園，成為教學的補助教材，老實說，在寫作此評文時，內心煎熬的掙扎，想著和馬森多年老友，我仍然保留了許多重話，譬如他根本缺乏寫一本文學史的嚴肅態度，他完全把文學史當成在寫自己的「文壇回憶錄」——全書穿插了五十多張他和作家朋友的合照，寫「文學史」有這種必要嗎？如此自戀的大量把自己和作家的照片插進書裡；其次，更大的笑話，明明是自己的著作，需要在書後附註，不停「加註」自己的名字，單單書後「人名索引」，馬森名字之後有一百個註（頁一五七五），註得和他一樣多的另一個名字是毛澤東，其餘都在五十個註以下，一般作家名字後面都只有三兩個註而已！

在二千五百字的所謂〈致編者書〉中最毒的連續兩則謠言是扮演挑撥離間的角色，他竟敢「代我」——以質問「他」的口氣說：「爾雅出過的書為何給我的敵人再版？」又無中生有，以借刀殺人方式，用我的口氣說：「蔡文甫居然故意送我一本九歌版《夜遊》向我示威！」

親愛的讀者以及我的朋友啊，這絕非是隱地我說話的風格，也從來不是我的作風。馬森到底接受了哪一國教育，以如此邪門方式糟蹋我？

讀者朋友看到這裡，必定滿頭霧水，就由我細說從頭吧……

一九九一年，馬森想學洪範的楊牧，一方面在學校教書，有教授尊榮的頭銜，一方面如果也能有個出版社，可以將自己的著作一一出版，彼時，他正在台南成功大學教書，於是就在臺南登記了一家「文化生活新知出版社」，透過電話，希望我將爾雅先後為他出版的六本書的版權全數還給他。對於任何一位作家，一旦有了自己的出版社向我要回版權，我總是答應的。僅僅一年後，可能營業額拉不起來，他又決定結束出版社的業務。不久又接到他的電話，希望六本取回版權的書，繼續交給爾雅，仍由爾雅印行。我未立即答應，因爾雅一年僅出書二十種，只能先挑一、二種重回爾雅。我選中的仍然是他較有名的長篇小說《夜遊》。他說《夜遊》是他出版社唯一能銷的書，還有一些存書，他要留一段時日，於是我選擇了他另一本《海鷗》。後來在書店裡看到了九歌版的《夜遊》，我撥電話給他，說當初爾雅希望重印《夜遊》，怎麼已成了九歌叢書？他有點生氣的回答：「我本來全部要交還給你，你一副不想要的口氣，等到九歌問我要，我當然願意給九歌！」那通電話，說到後來，雙方都不悅，但我絕未說「九歌是我的敵人」「蔡文甫故意送《夜遊》向我示威」，我替九歌蔡文甫先生主編《一〇一年散文選》還選了馬森的〈八十自述〉，書前的序文沒有讀過嗎，是你的眼睛瞎了，還是我的眼睛瞎了？

　　關於《夜遊》這件更換出版社的事件，我曾經還寫在自己的日記《2002／隱地》一書裡：

還有一次，也是一位寫作圈的好朋友，他把自己的書要回去，又交給其他的出版社印行，我打電話去追問，表示不解，他說：「看來，你對我不高興，不過，隱地，我老實告訴你，我對你老早就不高興了。」

原來，我們每個人的心中，都有兩個瓶子，一個瓶子放感謝、感激、感恩，另一個瓶子放怨、恨以及不滿，某一個瓶子積存滿了，就會向外傾倒，我如果不把自己瓶子裡的不滿倒向他，他也就暫時隱忍，所以不要隨便引爆引信，所謂好朋友，容忍你的缺點已經不容易，一旦你還要責問他，對不起，所有對方積存的怨氣，會反過來傾巢而出的一一責問你，這時如果一方缺乏寬宏大量的氣度，朋友的緣分就差不多已經走到盡頭了。

朋友，朋友，何等脆弱！不信，你試試在朋友面前生一次氣，痛快地說出自己想說的，常常，所謂的好朋友從此就消失不見了。

由這件事，我還得出一個「朋友兩瓶論」的結論。朋友之間的緣分，像一節節的甘蔗，不要砍斷，砍斷了，就再也接不回去。深知朋友之間要相互隱忍，我總是牢記王壽來譯的《友誼之舟》——友情需要修補，從二〇〇二年在日記裡寫下自我反省，至二〇一四年編《小說大夢》，十二年中，我繼續選馬森的文章，如為九歌編《一〇一年散文選》，選了他的〈八十自述〉，《小說大夢》也選了他論評周腓力小說的作品。沒想到最終於事無補，事隔多年，如今竟還鬧出如此不愉快的下場。

至於馬森《世界華文新文學史》，從答應為他出書到後來婉拒出版，拜電腦之賜，馬森和我從二〇一三年七月十日起，來來往往的E-Mail，全儲存在電腦裡。如今輸出下載，全都有記錄，誰說了謊言，都有「白紙黑字」證明。

至於二〇一四年元月十日，時任文化部長的龍應台在建國南路「福容飯店」二樓桂花廳宴請寫作和出版的朋友，大家共同舉杯向馬森道賀一事，他完全否認，且又連續說了好幾則謊言，更惡毒丟出一則假設性的預言：「那天宴會如果龍應台真說過補助的話，他也許搶在初安民的前頭了。」

這個「他」，當然指我隱地。於是我只好翻出自己的記事簿，讓我再一次清楚的將當天晚上的兩位主人（龍應台和李應平）和八位客人名單和坐位，全部畫出來，請馬森仔細回想，況且當天另外九位朋友，總有人會留存一些記憶。看來我們兩人之間總有一人在說謊。

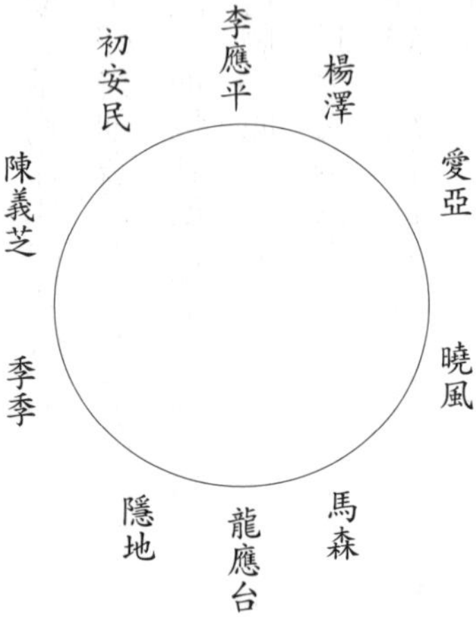

可悲的是，人往往活在一個謊言世界，況且並非只有政治人物說謊，文人原來也那麼會說謊。

馬森完全否定我好心地在餐會上丟出關於他新近完成文學史的話題，說成「是張曉風和龍應台問起拙作是否完成」，又說「龍應台當時未說過補助的話」，我就不明白後來為何大家會舉杯向馬森敬酒？

馬森把我的評文，看成是對他「不共戴天」的攻擊。顯然言重了。馬森在西方大學讀書、教書，在西方學術圈耳濡目染，應該知道一篇文章或一本書受到批評是再平常不過之事，為何一點也未學到器度和雅量。一個相貌堂堂的學者，心胸為何如此狹小，為區區一篇書評激怒、值得嗎？我的〈文學史憾事〉一文，如你認為不以為然，大可一笑置之。若發現意見不周或不夠水準，更可以深具「學術水準」之文，對拙作好好指正糾正，而不是謾罵或製造謠言，馬森啊，畢竟我也是你六部書的出版人，三十多年的朋友，怎麼我突然在你眼裡變成一種「生物」，又說「此人信口雌黃已成習慣，而且心態怪異也是常態」，老兄，你年紀超過八十四了，在寫下每一個字時，是否該用些大腦，真的是老糊塗了嗎？我還真難相信這些文字均係出自一位學者、教授又是作家之手。

寫不下去了，寫這樣的文章，令我痛心，痛心自己的眼睛和識人不明。

附件

隱地兄：

久未通問，希望健康、事業兩均硬朗。今天收到九歌寄來的「散文選」（隱地註：指《九歌一〇一年散文選》）轉載費，想到應該多謝吾兄的慧眼。

前此吾兄曾關懷過拙著「二十世紀中國新文學史」（或「中國現代文學的兩度西潮」）

現已完成。本答應交聯經出版，但林載爵不願書名中有「中國」兩字，合約的條件也不合適。我覺得不能接受，特別是書名不想更改。未悉吾兄對此書尚有興趣否？

馬森　二〇一三／七／十

馬森兄：

很高興你要把「二十世紀中國新文學史」交給爾雅，但眼前出版業萎縮，初版只敢印一五〇〇冊，你的地址還是V8P 3C1嗎？

我要寄一本新書給吾兄

祝福！

隱地　七／十一

隱地兄：

初版多少由吾兄根據市場決定，我沒意見。很幸運並不靠版稅生活。這本書寫了十五年，參考了幾乎所有兩岸及海外的現代文學史料，一直寫到二十一世紀初，維護了客觀學術的水準，各大學圖書館及書中列名的數千作家（包括大陸及海外）可能有興趣收藏。各大學的現代文學史課程也有可能用以取代過時的具有意識形態及政治立場的舊作。

爾雅有很強的編輯部，需要麻煩貴編輯部的是配植部分作者影像及書影，還有書末做一個關鍵詞和人名索引（定了頁碼才能作，用電腦程式不難）。不過此書共分三編，長達一二〇多萬字，需要三冊才容得下。

馬森　二〇一三／七／十一

馬森兄：

此書共一二〇多萬字，真的嚇我一跳，我以為三十萬字，或至多四十萬字，看來，我要稍加思考，給我一周時間，七月十九日之前，給您確切答覆。

主要，我自己的眼力發生問題，已動過一次手術，八月初還要開白內障。

暑安

弟隱地敬上　七／十六

隱地兄：

沒有關係！出版者當然首先考慮的是利潤，我瞭解。不好意思給你增添麻煩了。

馬森　二〇一三／七／十七

隱地兄：

多謝寄來的兩本大作，沒想到這麼快就收到了。其中一冊第一篇就是陳芳明大作的書評（隱地註：即《一棟獨立的房屋及其他》）。陳書以「後殖民主義」為立論的基礎，無可厚非，文章也寫得鏗鏘有力，但正如吾兄所言，作為臺灣的現代文學史，卻遺漏了不少臺灣作家，反倒用了長達五頁的篇幅書寫不是臺灣作家的張愛玲，令人不解。在文學四大文類中又獨缺戲劇文學，好像三條腿的八仙桌站不穩了。我因為不想缺漏，才會寫到一百二十多萬字。

馬森　二〇一三／七／二十三

隱地兄：從臺返加後看到寄來的《小說大夢》，真是寶刀未老，令人欽佩。看寫信的時間，正是我啟程赴臺的日期，如晚幾天就可就近寄到臺南了。我這幾年都到臺灣過冬，恰巧又有人邀請，可說兩全其美。

謝謝收了拙作，老朋友徵不徵求同意，並不重要，何況還有意外的轉載費，要說聲謝謝才對。小額當然不必寄支票，太麻煩。其實，因為在臺灣常有些版稅和稿費，我有一個郵局的帳號可以匯入（隱地註：郵局局號和帳號略），不過存在爾雅也行。

其實去年及今年過年時都曾打電話拜年，但無人接聽，也許號碼不對。都留過話了。在此再祝

羊年大吉大利

馬森拜

總的說來，馬森到了晚年，不寫這部好大喜功卻又毫無價值的文學史，我們對他還真高深莫測，有了這部文學史，才發現他對「臺灣文學」的陌生，近二十年的臺灣作家作品他幾乎完全不讀，一個寫臺灣現代文學史的人，卻不讀臺灣現代作家作品，當我評論他「鉅作」缺失時，他反過來責問我：「……對拙作的理論架構、思想蘊意、結構章法，均視而不見，或讀而未懂，只注目於細微末節……」不從作家作品的根本談起，不先研讀現當代每一位具有影響力的作家和作品，把這些都稱為「細微末節」，請問難道我們心目中的文學史必須先從你的理論、思想和結構讀起？顯然這只是文學論述，並非我們心目中企盼的真正臺灣文學史。

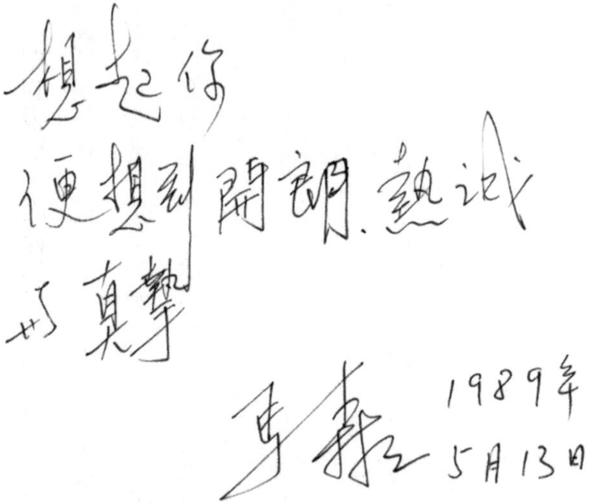
想起你
便想到開朗、熱誠
和真摯
馬森
1989年
5月13日

這是一九八九年馬森在我手記筆記簿上的題字，面對這些字，我心裡只有悲傷。

附錄

《夜遊》後記

馬森

在張曉風的晚宴上認識了隱地，很覺投緣。以後又接連地見過幾次面，每次都似乎有說不完的話。就在這樣的閒談中談起了《夜遊》出版的事。本來《夜遊》在白先勇發行的《現代文學》連載完畢後有兩家出版社有意出版，但是這兩家出版社都只在口頭上說了說而不見下文，隱地遂一口應承由「爾雅」來出版《夜遊》。這真使我十分高興，不但因為隱地所主持的爾雅出版社一向出書嚴謹，在讀者群中素有口碑，而且實在因為我很喜歡隱地這個人，覺得有機會跟他共事是一件愉快的事。他不只是個有眼光、有野心的出版家，同時也是一個有見地的文學評論者。除了出版的事以外，我們私下裏有許多可談的題目。如此這般，《夜遊》就成了爾雅出版社出版書目中的一種了。

但談起《夜遊》的成書，白先勇和姚一葦的熱情協助不可不提。先勇是第一個看過原稿的人，難為他在忙碌的生活中把這部長達二十幾萬字的小說一連看了兩遍，提出了不少修正的意見。我根據先勇的批評和提議，該刪的刪，該改的改，又另外加入了一章，才成為今日這個面目。又承先勇和姚一葦先生拿出《現代文學》寶貴的篇幅，使《夜遊》連載了一年多。以後不少朋友對我說很喜歡這部小說。也有的朋友在猜測書中的人物寫的是誰。這種猜測多半是由於不瞭解文學創作的動機和實踐過程。小說基本上都是虛構的，其與人生的關連，不在人物是張三李四，也不在情節是否真正發生過，而在於世間是否有這種人物，生活中是否有發生這類情節的可能。因此，所有附會索隱式的猜測，在欣賞一部作品中都是多餘而毫無意義的事。

以前出書，序都是自寫的。這次因為先勇實在是促成這部小說的人，所以序請他來寫。承他在尹雪艷、金大班和玉卿嫂的夾縫裏，正擠得喘不過氣來的時候，趕夜工寫出這麼一篇洋洋灑灑的序文來，使我覺得既感激又不安，在此一併記下我的誠懇的謝意。

民國七十二年十二月廿七日臺北

附錄

吃了一隻辣椒

古遠清

關於華文文學史，大陸一九九九年出版過汕頭大學部陳賢茂主編、廈門鷺江出版社出版的四卷本《海外華文文學史》，但該書內容並不包括中國大陸和臺港澳，而二〇一五年二月成功大學馬森教授由臺北「印刻文學生活雜誌出版有限公司」出版的三卷本《世界華文新文學史》，空間上包含了海內外，時間軸則橫跨清末至今百餘年。它是首部探討海峽兩岸、港澳、東南亞及歐美等地華文作家與作品的文學史專書，力圖記錄百年以來世界華文文學發展的源流與傳承。這是前無古人的填補空白之作，其雄心可嘉。

這部內容龐大的著作理應有像陳賢茂當年那樣的團隊分頭執筆，現在卻由馬森一人獨立完成，這私家治史的好處在於觀點和文筆容易得到統一，不必為貫徹領導或主編意圖，將個人見解消融掉，但個人撰寫不能集思廣益，有些自己不太熟悉的領域，亦不可能像「編寫組」那樣請專門家寫得深入，部分章節寫起來有時難免會捉襟見肘，顧此失彼，以馬森本人來說：自己熟悉的海外華文文學部分寫得詳盡完備，戲劇創作更是潑墨如雲，而作為王蒙高中同學的馬森，畢竟不可能像王蒙那樣了解大陸文學，故凡寫大陸作家部分，大都用「點鬼簿」的寫法抄抄生平和排列著作目錄了事；而對於臺灣新世紀文學，則因「只緣身在此山中」的緣故，馬森可能看得不太清楚，這就有可能寫到這部分時會令人錯愕又意外。

從這個意義上來說，我舉雙手贊成隱地〈文學史的憾事〉（《聯合副刊》二〇一五年三月二十一日）對馬森的尖銳批評。〈讀隱地書評〈文學史的憾事〉有感〉（《聯合副刊》二〇一五年四月十一日）的作者陳美美，在為馬森辯護時攻擊隱地書評所颳的是一股「歪風」，其餘部分只是泛泛而談。她要求批評者應做一個「溫柔敦厚的長者」，這並不符合文學批評的功能和原則。

馬森所作的情緒化反應〈吃了一隻蒼蠅〉（《聯合副刊》二〇一五年四月二十五日），其實一點也不「溫柔敦厚」。他除藉機攻擊隱地是「謠言」的製造者外，並未對隱地提出的實質性問題做出具體回應。他指責隱地「只注目於細微末節」，可有一句名言叫

「細節決定成敗」，如馬森把以寫長篇小說《野馬傳》著稱的司馬桑敦列為「報導散文家」，是令人啼笑皆非的失誤。隱地用「真是豈有此理」形容讀馬著的感受，也許態度欠冷靜，但隱地寫的是有個性、有情感、有體溫的「辣味」批評，不能用「甜味」批評準則苛求他。此外，隱地指出：「將楊牧列入『創世紀詩人群』，將『現代詩社』的梅新歸入『未結盟詩人群』，均屬不妥。」這也是精闢之論。以楊牧而論，他在意識形態上心儀「創世紀」，但不能由此說這位獨行俠加入過「創世紀」詩社。

馬森這類硬傷在寫到大陸部分比比皆是，如說大陸作家吳祖光是「不左不右」的作家，其實他是「大右派」。又在新出版的某刊連載的該書部分章節中，不只一次把「江青」誤為「江清」，這有可能是手民之誤，但說「以江清為首的四人幫」，這應該是作者之錯。其實，「王（洪文）、張（春橋）、江（青）、姚（文元）」中的江青，在「四人幫」中只居第三位，真正為首的是時任毛澤東接班人即中共中央副主席的王洪文。該書還認為「在累次整人運動中」，巴金、沈從文「都停筆不寫了」，事實是巴金還在創作，哪怕文革傷痛還未痊癒仍寫了直面十年動亂所帶來的災難，直面自己人格曾經出現扭曲的《隨想錄》，沈從文同樣寫有鮮為人知的少量散文。郭沫若、茅盾也非「絕不再從事任何創作」，相反，茅盾在反右派鬥爭後陸續出版有《夜譚偶記》、

《鼓吹集》、《一九六〇年短篇小說欣賞》、《鼓吹續集》、《關於歷史和歷史劇》、《讀書雜記》；郭沫若在十年浩劫中雖然嚴重缺「鈣」，他當年那氣吞宇宙的「天狗」氣勢再也一去不復返，但仍於文革期間的一九七一年出版了學術著作《李白與杜甫》。《世界華文新文學史》第二十九章標題為「社會主義的詩與散文」，這也是很奇怪的提法，難道大陸除「社會主義的詩與散文」外，還另有「資本主義的詩」與「資本主義的散文」？君不見，大陸早就停止了「姓社」還是「姓資」的爭論，不再使用「社會主義現實主義」一類的政治掛帥文學分類法，可號稱「不受政治意圖、意識形態左右」的馬森，仍沿用這種分類，可見其未能與時俱進。

作為大陸學者，我非常景仰對岸「寬厚濆堤」：哪怕是老朋友，也亮出自己的鋒芒這種不留情面的批評。而我們這邊，流行的是「友情演出」和「紅包」式的捧場。在這種情況下，作為馬森老友的隱地說《世界華文新文學史》讀得瞠目結舌，甚至說馬森「寫成不具出版價值之書」，這雖然是印象式批評，但絕非網絡上的亂飆狂語，它是發人深省的辛辣之論。馬森很不情願認錯，聲稱讀隱地文章「猶如吃了一隻蒼蠅」，而我的感覺卻是吃了一隻爽口的辣椒呢！

原載二〇一五年六月十三日聯合報副刊「周末書房」

琳瑯書滿目

讀郭明福的來信，讓我想到爾雅十周年（一九八五）時，他為爾雅寫的一本書《琳瑯書滿目》，這本書係針對爾雅六周年（一九八一）時，我自己編了一本「獻給普天下愛書人」的書，書名就叫《爾雅》。

《爾雅》介紹的一百本書都是爾雅出版社印的，三十六年前的我，衝勁夠，思想開放，我認為放眼文壇，其他出版社也出了許許多多值得介紹給讀者的好書，如果「將政府於三十八年遷臺以來，推薦一百本自由中國作家們所寫的詩、小說及散文作品。希冀以百位作家、百本書、百篇文章，為數十年來的新文藝創作成績，作一個眉目清楚的取樣，至於談書的文學，原則上分編寫兩部分，亦即編輯人負責寫五十篇，另外五十篇則轉載報章雜誌已發表過的書評書介（見《琳瑯書滿目》郭明福〈後記〉頁三〇〇）。

這個構想，最初我交給《書評書目》雜誌時代的老夥伴覃雲生，《琳瑯書滿目》

的書名也是他想的，但雲生拖拖拉拉，隔了兩年，仍交不出書稿，於是我改請新人郭明福接棒，彼時他常在報上寫書介書評，也讀了不少「爾雅叢書」，打聽結果，知道他在臺北中山堂旁的臺北警察局上班，有一天我特地登門拜訪，約他出來，把我的計劃構想告訴他，蒙他應允，終於民國七十四年完成了《琳瑯書滿目》。

《琳瑯書滿目》總共介紹了六十本好書，全是爾雅以外其他出版社出版的優良好書，因為在編寫此書時，我們設下的唯一限制，就是必需「不是爾雅出版的書」。

琳瑯書滿目

作者	書名	出版社
子　敏	《小太陽》	（純文學）
司馬中原	《狂風沙》	（皇冠）
鄧克保	《異域》	（星光）
吳魯芹	《師友・文章》	（傳記文學）
宋澤萊	《打牛湳村》	（遠景）
朱西甯	《鐵漿》	（皇冠）
梁實秋	《雅舍小品》	（正中）
陳若曦	《尹縣長》	（遠景）

吳敏顯　《靈秀之鄉》（水芙蓉）
梅濟民　《北大荒》（星光）
彭　歌　《從香檳來的》（星光）
陳之藩　《旅美小簡》（遠東）
王鼎鈞　《碎琉璃》（作者自印）
張曉風　《步下紅毯之後》（九歌）
許達然　《含淚的微笑》（遠行）
三　毛　《撒哈拉的故事》（皇冠）
徐鍾珮　《餘音》（純文學）
孟祥森　《萬蟬集》（遠景）
夏祖麗　《握筆的人》（純文學）
杏林子　《杏林小記》（九歌）
蕭　颯　《我兒漢生》（九歌）
陳映真　《夜行貨車》（遠景）
金　兆　《芒果的滋味》（聯經）
江彤晞　《清水海岸的冬天》（時報）
趙　寧　《趕路者》（皇冠）
張秀亞　《北窗下》（光啟）
喻麗清　《青色花》（光啟）
羅　蘭　《飄雪的春天》（現代關係）

王禎和　《嫁妝一牛車》（遠景）
夏志清　《中國現代小說史》（傳記文學）
吳念真　《邊秋一雁聲》（遠景）
段彩華　《龍袍劫》（名人）
季　季　《拾玉鐲》（慧龍）
尼　洛　《近鄉情怯》（世系）
洪素麗　《浮草》（洪範）
桂文亞　《墨香》（皇冠）
白先勇　《孽子》（遠景）
張至璋　《飛》（純文學）
鄭清文　《最後的紳士》（純文學）
蔣曉雲　《隨緣》（皇冠）
劉靜娟　《眼眸深處》（大地）
琦　君　《燈景舊情懷》（洪範）
林海音　《剪影話文壇》（純文學）
張愛玲　《秧歌》（皇冠）
張系國　《香蕉船》（洪範）
思　果　《香港之秋》（大地）
席慕蓉　《有一首歌》（洪範）
栗　耘　《空山雲影》（林白）

鄭明娳　《現代散文欣賞》（東大）
吳　晟　《農婦》（洪範）
陳幸蕙　《把愛還諸天地》（九歌）
邵　僩　《白泉》（水芙蓉）
余光中　《焚鶴人》（純文學）
苦　苓　《只能帶你到海邊》（蘭亭）
王　璇　《彼岸》（洪範）
黃維樑　《中國詩學縱橫論》（洪範）
孫述宇　《金瓶梅的藝術》（時報）
楊　牧　《柏克萊精神》（洪範）
陳冠學　《田園之秋》（前衛）
陳冠學　《文藝之窗》（世界文物）
陳銘磻編　《傳家寶》（號角）
吳榮斌編　《八〇〇字小語》（文經）

附錄

《爾雅》——一〇〇本書的故事

出版事業和其他任何行業一樣，有其令人迷醉的一面，也需面對苦果。大凡人間事，均是如此——有歡樂，也有憂傷。當人活著，執著於什麼，就會感受到它的甜酸苦辣。要是無感無覺，只是「三飽一倒」，也就沒什麼好說了。一個出版社，像「爾雅」這樣，「生存」六年，出了一百本書，在臺灣的出版社中，說大不大，說小不小，說長不長，說短不短，而所面臨的各種大小問題，也都有了身歷其境的感受，往後的路該如何走？頗為困惑。照說經過六年，總算在出版這一行打下了小小「場面」，但惶恐突生，退書開始回流，除非犧牲滯銷書，作清倉拍賣，不再印新的一版，但再怎麼說，這一百本「爾雅叢書」，從稿紙到出版，我和「爾雅」全體同仁，曾付出心血和關懷。多麼希望，每一種都有新書供應，源源不缺，似乎不可能，倉庫放不下放到馬路上嗎？

多數出版社，每個月銷不到一百本的滯銷書，常以快刀斬亂麻處置，甚至當廢紙解決，稱斤賣出，或送到士林切紙廠，騰出倉庫空間，迎接新書。作法殘酷，但據說合乎經濟原則，更合於現代企管精神，而我呢？可能體內多了幾個文學細胞作怪，一時學不來，其實冷門書中多的是好書，貨真價實的好書。可是面對「適者生存」的自然法則，一個出版社，當只有三、五十種書籍時，尚不致構成威脅，等到累積了一百種，三百種……一千種書時仍要保持每一種書統統不缺，鐵定不可能，而一種書，只因它滯銷，就不印，就讓它斷版，心情也有壓力，更何況面對作者（不跟十月懷胎的母親一樣嗎？）當他問道：「我的書賣完了，你為何不加印新版」，身為出版人，又該如何解釋？

從「爾雅」已出的一百種書可以看出，我們追求的是「全家人都喜愛的書」，這也就是為什麼，在印行了許多小說、散文、詩歌之外，也出版了高希均教授《「迷思」中的沉思》以及周賢頌先生的自傳《一個未過河的小卒子》，這兩本書，青年和婦女亦可閱讀，但主要我們還是獻給中年人——也就是特為一個家庭裡的爸爸而出版的書籍。此外也出版了四本給孩子閱讀的書——《兒歌百首》、《童詩百首》、《兒童詩選讀》和《歲月就像一個球》。

多麼希望這一百本「爾雅叢書」放在客廳或書房，會是一套老少咸宜的書。如果以文學的標準要求「爾雅」，這套書還可往深一點走，但格調高了，讀者也就少了，往後「爾雅」走的路，仍然是文學的，卻不是學院式的文學。「全家人都喜愛的書」，是我們繼續追求的目標。每一個家庭如果都是小型圖書室，我們全體國民的知識水準必然提高，社會風尚當更和諧、祥和。

現代人生活在一個動盪的時代，價值觀念遽變，也許這世界屬於永恆的東西愈來愈少，但我們仍然希望能抓住一些什麼，所以「爾雅」儘可能選擇出版比較有價值、值得儲存的書籍，這種努力能留住多少永恆，我們不知道，但會全力以赴，還是對真善美的追求。

「爾雅出版社」創社六年，在心裡要感謝的人太多，「爾雅」能夠生存，主要靠一個安定的環境，以及許許多多愛書人的支持。也要感謝作家寫出了好文章，我們才有好書出版。對「爾雅」的一百種書，儘管多數朋友都以寬厚的心胸鼓勵，讚美，扶植我們，而很少批評我們，其實我們自己明白，有些書的內容和技巧尚未登臨絕頂，有些書的校對不好，居然讓錯字別字出現（只要我們發現，只要讀者告訴我們，每印新的一版，一定改正）有些書裝訂得不牢，有些書有缺頁，有些書封面設計尚不夠美觀（這就是為什麼，同一本書的封面，我們經常在更換）……希望今後「爾雅」叢書，會比現在的一百本更好，讓我們一起努力，迎接每一個充滿「爾雅」的新日子！

高希均《迷思中的沉思》

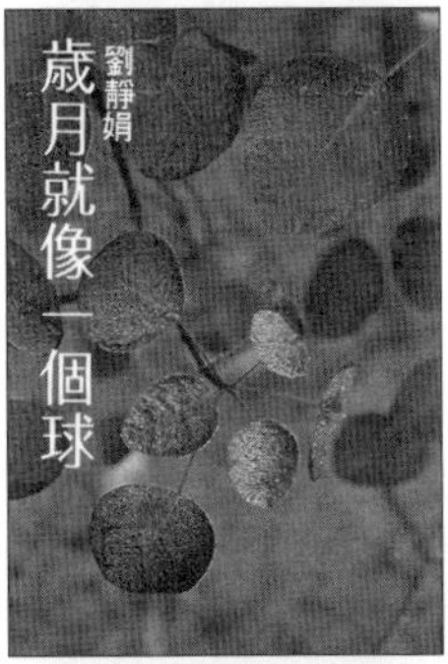

劉靜娟《歲月就像一個球》

余光中等《春天該去布拉格》

官成飛編《爾雅沉思》

附錄

郭明福的信

柯先生：

讀《文訊》的「爾雅不惑・詩心無限」專題，知道爾雅創立四十年，在跟您祝賀致敬之餘，也不禁一驚！

誠如您說的時光在飛啊！猶記得民國六十八年有一天，您到延平南路的台北市警局找我，中午請我到中山堂對面的晉記餐廳吃飯，飯後喝了我人生第一杯咖啡，那時我二十六歲，現在是這兩個數字位置對換，歲月腳步若斯快法，人悚然以驚理所當然，但感覺上也有些不真實。

認識您是我人生幸運又重要的事，否則文學不會那麼深入我的生命生活，不會帶給我那麼多心靈撫慰。爾雅叢書反映您的出書眼光和品味，而作為讀者，我認為爾雅的書很合我的生命情調，所以讀起來特別有會心。楊宗潤就對我說，我寫過的書介書評，就屬談爾雅書的較出色。但說來慚愧，於今我閱讀速度變慢、量也減少，更別說有評介之類的副產品了。

儘管閱讀效率和數量遠不若從前，但近來一個半月，我還是讀完蔣勳的《夢紅樓》、鼎公的《古文觀止化讀》，以及重讀章詒和的《伶人往事》，都是在捷運上讀的——自五月中到六月底，我到南海路的國語實小代課，一週四天，我都從南京三民站搭到小南門站，這期間我沒看過有人捧書閱讀。不是在教室，不是在工作，在平穩的冷氣車廂裡，於這樣舒適的環境都不閱讀，那人要何時何地才會閱讀呢？

我想當今台灣社會，不止逃避閱讀，還有些喪魂失魄，有些走向虛無，但幸好仍有清醒的人，守著書桌織錦，而且已孜孜矻矻四十年。

封德屏說三五七期文訊專題企畫「慶祝爾雅四十周年」，您事前不知，今寄上此信，不是要挑戰您的低調，而是有幸曾為爾雅作者，我想分享爾雅已屹立四十年，仍將繼續前行的喜悅。走筆至此，再頌

平安順遂

明福 敬上一〇四、七、六

蕭颯絕少接受訪談，《文訊》三六〇期很難得的有一篇張俐璇（致理科技大學通識教育中心專案助理教授）的深入專訪——〈臺北殺手座〉，對蕭颯作了全方位的特寫，追蹤蕭颯近二十年的心路歷程，原來蕭颯一直在寫，寫過好幾個長篇，最長的達三十多萬字，只是未拿出來發表；此外，她還回母校讀了一個碩士，並寫了一部碩士論文《金瓶梅中之富商西門慶》。

《逆光的臺北》是蕭颯想寫的幾個臺北故事之一，因為「戰後嬰兒潮的一代正逐漸老去，然而臺北就如大多數的大都會一樣，因為與時俱進的關係，只會越來越年輕，越來越風華盛茂，這是大家樂於見到的。但是繁華底下有其奠基，有難以察覺的陰影，有美麗有哀愁，有M型化的貧富差距，有……這些都是我想要呈現的。」

——見《文訊》三六〇期頁三七

種滿花，讓山頭變成一片紅

向小說家蕭颯致敬

沉寂二十年，蕭颯交出了三十萬字的長篇小說《逆光的臺北》（九歌）。

蕭颯不但告訴我們，她重回學府，讀到了一個碩士學位，而且，已經和離婚的丈夫張毅化解恩怨，成了關係良好的朋友。

蕭颯更以事實證明，她沒有為生活中的挫折擊敗。作為一個曾經是臺灣文壇最重要、最優秀的小說家，她交出了更好的成績單，我曾經為她出版長篇小說《小鎮醫生的愛情》，算是她的出版人之一，更願為此向她致敬。

此書洋洋灑灑，三十萬字，未分章節，僅以十五個阿拉伯數字稍稍把一片字海隔開，算是讓讀者有機會喘一口氣，最初的四分之一，調子略平，顯得單調，但從阿拉伯數字5開始，進入蕭颯式的神來之筆，新的人物一個個登場，看似蕪雜的情節，進入抽絲剝繭的階段，無論回溯，或向前推展情節，在在奇峰突起，蕭颯以精準的手術刀，將人性冷酷、現實和勢利，包括家人之間彼此語言尖銳的傷害，讀得讓人心跳不已。

「原來人生就是一連串的不滿意」，蕭颯筆下，有許多不快樂的母親。這些母親卻一個個堅毅的有自己的生存法則，她們懂得必須壓抑、忍耐，日子才過得下去。而我們小說裡的女主人翁宋勤美卻完全是一個相反的女人，她只相信愛情，因此當她失戀之後，變成一個魂不守舍，每天飄飄忽忽的女人，整部小說，以她為軸心，牽引出一大群凡夫俗子。

「臺北有很多樣貌，每個人依據自己的生活，看見的只有自己熟識的那個臺北，其實它的層次多到數也數不清，看也看不完。」（頁二五一）

這部以臺北為背景的小說，其實就是一部臺北浮生錄，也是臺北人生活的歷史手冊和地理筆記，臺北東南西北的各個地方，以及社區巷弄，在這本書裡都找得到，而且關於臺北的房地產、股票交易、移民、咖啡連鎖店……舉凡臺北的衣食住行，均有涉及。所以這也是一部臺北生活起居注，臺北歲月的備忘錄。

當然，最重要的，這是一部愛情小說，一部徹徹底底的愛情小說，像宋勤美這樣的女人，如果沒有愛情，頓時陷入茫然、混沌，每天起床後不知該做些什麼，所以乾脆不起床、不出門，既然不出門，自然也不洗頭、不洗澡……每日不像醒著，也不像睡著……這種近乎瘋癡的行為，都是因愛情引發，愛情熱病一旦發作起來，人人望而生畏，特別是作為她最初的情人，一旦再和她相見，彷彿看到墓穴爬出了幽靈。

兩個最初相愛的人，而且女方還為他懷了孕，為何會走上離異之路？當女方始終相信愛情，至少年輕時候這個日思夜想的男人，曾完完全全屬於過她，他們牽手、親吻、纏綿……有血有肉，教她如何能夠忘記且捨下？

既然愛過，就不可能消失，何況勤美別無所求，她只是想再見他一次，有句話想問問他。

到底宋勤美要問男主角王光群什麼話？她的朋友，周圍相關的人都十分好奇，問她，始終問不出來，要代她轉達，宋勤美總是堅定的搖頭，總之，女方不停追尋，男方始終閃躲，宋勤美從臺灣追到美國，再從美國追回臺灣，後來男主角為了躲她，不停搬家，宋勤美繼續追尋，還用大聲公在豪宅外不停重複的喊：「你出來，王光群，你出來，我是宋勤美，你出來，王光群……」

男人最怕歇斯底里的女人。一個純情的，絕對相信愛情的女人，愛到後來變成男人躲避唯恐不及的恐怖分子，這當然是愛情悲劇，蕭颯的小說如果只是以如此單純的情節單線進行，必然成為庸俗的流行小說，透過宋勤美，蕭颯或許想說的是一個反愛情故事。在這部小說裡，幾乎沒有完美的愛情，書中老老少少、男男女女，都活在苦悶和算計之中，男女的結合，多數都是為了擺脫貧窮。窮，是這部小說的另一個主題，一群因戰亂從大陸逃難來臺的人，住在違章建築裡，後來政府為了消除髒亂興建國宅，但小坪數的最初國宅，是臺北資深市民記憶中的另一個災難，「一家八口一張床」，失去尊嚴的家人，在小小簡陋屋室裡，誰也看不順眼誰，在這樣環境中苟活的人，心中時時刻刻最最想擺脫的就是貧窮，他們過怕了連上個廁所還得出門到隔壁另外鐵皮搭蓋的小房間，還連著廚房，僅用塑膠布隔開著，誰還能忍受那樣的日子，所以一旦孩子交了男朋友、女朋友，勢利的母親東問西問其實內心最想問的一句話就是：「你們家有錢嗎？」

所以當男主角王光群交上企業集團大老闆的千金，他就忘了一切事先的承諾，成為一個「埋情者」，他的內心曾經為了必須割捨勤美而疼痛，但他深知自己已失去了那顆柔軟的心，或許就是年輕時候他曾進入了勤美國宅的家，面對咄咄逼人勤美的母親，還有像鴿籠狹小且老舊髒亂的空間，他無法和這樣的一家人生活在一起，窮，使得王光群選擇了相對象徵財富的凱莉，和凱莉結婚，他才能過完全不一樣的人生。

小說更精采的是勤美在不得已的情況下嫁給了黃家輝——一個助理導演，後來雖然升為副導，以臺北電影業的蕭條，只好拿了這樣一個身分，騙騙女孩子，錢不夠用，就向家裡伸手，偶爾有了錢，他又成為一個獵人，追女人，是他生活唯一的樂趣，他習慣在臺北街頭尋找獵物。

黃家輝一家人，是另一組臺北人的故事。他的母親比宋勤美的母親更勢利，宋勤美在兩個痛苦的家庭裡擺盪，生了女兒由由之後，由由是宋勤美的翻版，說起話來，彷彿丟出一把把刀子，常常讓宋勤美毫無招架之力。

剝洋蔥。蕭颯慢條細理，又為我們敘述宋勤美在完全無路的窘態下，居然靠捉姦，從老公黃家輝的女友林惠安處要到八萬臺幣——一張赴美機票的錢，她放棄了自己的婚姻，她要到美國找王光群。

峰迴路轉，新的人物一個個出現，神奇的銜接，都能讓讀者信服，這樣的安排天衣無縫，而更意外的是居然有一個完美的結局，原來我們的女主角最後由王光群的表哥葉國誠帶領，為了躲避媒體，來到新竹關西山上，由於勤美無休止的以大聲公在豪宅前吵鬧，已驚動臺北狗仔和媒體——財團女婿的婚外情故事，已鬧得沸沸揚揚，再不閃躲，人人都將成為犧牲者。

一切問題關鍵還是要靠自己放下。勤美到了山上，呼吸著飄著花香、草香的空氣，看著大自然的遼闊，她終於再無雜念，心裡只想著一件事，就是她要在這片山頭種更多花，「不管是櫻花還是梅花都好，讓山頭變成一片燃燒似的紅」。

這是小說的最後一句。也是本書的結尾。放下了，都放下了，我們的小說主人翁宋勤美，放下媒體的追逐，放下王光群，放下自己。

人的問題，自己不放下，有誰能幫助我們？

原載二〇一五年九月十五日中國時報人間副刊

附註

本文發表同一天，碰巧《聯合報》、《中國時報》和《自由時報》三報新聞版面均有對蕭颯復出的新聞採訪稿。聯合報記者周美惠說：「逆光的臺北，透過國宅VS.豪宅的M型社會，她書寫人性物化、臺北城如何驚人翻轉……有人因都市更新而婆媳失和；有人靠土地開發成為跨國富商；也有人在房市崩盤後避走山林……」

小鎮醫生、小葉及其他

——談蕭颯和蕭颯的小說

《小鎮醫生的愛情》

蕭颯在出版《逆光的臺北》之前，共出版過十六部長短篇小說集，《小鎮醫生的愛情》是她第十本書，也是繼《如夢令》、《愛情的季節》、《少年阿辛》之後的第四部長篇小說，出版於一九八四（民國七十三）年十二月，至一九九六年六月，十一年間共印十三次，總印數為二萬五千本，是爾雅的暢銷書群之一，但一九九六年起，文學書籍市場快速萎縮，第十三印僅印的一千本銷了好幾年，銷完後就未再續印，所以《小鎮醫生的愛情》一書算起來斷版已超過十年。

《小鎮醫生的愛情》，全書約二十五萬字，共分四章，《龍應台評小說》一書論及此書，開宗明義就說：

「六十歲的小鎮醫生王利一，在驚覺年華老去的心情之下，無可自拔的愛戀著青春耀目的劉光美——一個鄉下來的純潔女孩。蕭颯的小說循著這個主線描寫醫生的夢幻與悔恨，醫生娘月琴的哀怨與痛苦，以及少女光美由純稚到成熟的過程。（見《評小說》一三一頁）。

這麼簡單的故事情節，能寫二十五萬字，就可見出蕭颯寫小說的功力。

蕭颯的小說，向來不拖泥帶水，她以乾淨俐落的對話引出情節，可人物的個性，內心的糾結，常在不經意間，作者三言兩語就能勾勒出來。

龍應台說：「蕭颯的小說，一向瘦挺而精神十足」。

我自己覺得《小鎮醫生的愛情》最成功的不只是寫出一個中老年醫生（六十五歲才能稱為老人，六十歲的王利一，還想拉住自己中年人生的尾巴）的愛情幻夢，而是將小鎮上一戶醫生家庭寫得活靈活現，王利一醫生一家，是台灣六、七〇年代任何一個鄉鎮醫生家庭的抽樣，也是台灣社會從封閉到開放最具代表性的一部寫實小說。

女主角光美從天真善良不太懂事的少女，後來進入都市拍起脫光衣服的所謂藝術照片，尤其書到結尾，以現代人開放的眼光來看，覺得有些道學，但對從六、七〇年代走過來的人來說，當時的社會環境，人們的內心都還保存著一份自律和自省的善良，雖然妻子月琴過世了，王利一認為光美還年輕，往後日子長遠，前面有自己的路，所以他不強求光美留下，反而他對光美說：「……要有自己的打算，不要總記得從前，那樣，更是我的罪了。」

外遇如今更普通了，似乎大多數人都接受了社會上男女分分合合的現實，老配小也見慣了，然而當一個老男人肯讓年輕的戀人走自己的路，且帶著懺悔的心，認命地讓自己走一條寂寞路，也算是一個好老頭了。

《小鎮醫生的愛情》曾經搬上銀幕，秦漢、顏寧和李靜美主演，電影主題由唱〈天天天藍〉的潘越雲主唱。編劇竟然是曾在本社出版《天光雲影共徘徊》、《母親的書》以及提議並促使「爾雅作家日記」出版的劉森堯。

〈小葉〉

〈小葉〉是蕭颯一九八〇年的作品，發表於周浩正編的《臺灣時報》副刊，後收入詹宏志主編的《六十九年短篇小說選》，我在一九八一年二月，將蕭颯的〈小葉〉，連同另外十位女作家的作品，編過一本頗為暢銷且產生深遠影響的《十一個女人》，張艾嘉根據此書搬上電視螢光幕，帶領出楊德昌、柯一正、萬仁、葉歡……一大夥影人。

記得自己十幾二十歲的時候，幾乎天天看電影、讀小說，純粹是愛好，說不上為什麼，後來大概是喜歡得過了度，竟然自己也寫起小說來，可惜寫得四平八穩，一點也不起眼，而別人的小說，才氣縱橫，閃爍著天才的火花，恨不得那些作品就是我寫的，明知不是，禁不住還是喜歡談談，評頭論足一番，結果倒也有了副產品，寫成一本《隱地看小說》，自此之後，讀小說竟成為我職業的一部分，等到擔負起「年度小說選」的編輯工作，看小說變成我的一種責任，大凡任何一種興趣，摻入了責任或職業的成分，樂趣就會減少，代替而來的是壓力和疲倦感。有一陣子，我看到小說就害怕，於是決定要擺脫這份梏桎，把「年度小說選」的工作全部推了出去。

後來，我辦出版社，編書編雜誌，寫小品文，就是不讀小說，不寫小說，也不評小說。對小說的懼怕症，是用這種疏離的方式慢慢治癒的。

想不到我對小說的戀情是不死的。當我讀了《現代文學》上，陳雨航的「牛奶廠事件」；楊人凱的「少尉少女」；聯合報的得獎作品，袁瓊瓊〈自己的天空〉，還有周浩正兄讓我先睹為快，提醒我注意蕭颯的〈小葉〉……一下子又翻騰起想寫小說的衝動。使人不解的是，七〇年代來的臺灣出版界，散文始終佔為主流，許多印行文學書籍的出版社，其實都是散文出版社，包括我自己主持的「爾雅」在內，暢銷書均由散文包辦，小說不暢銷變成一種定律，每個懂得一些出版行情的人都這麼說。

我決定不信邪。我要重新為小說做些事情。自己寫不出好小說不要緊，要緊的是別人寫出了好小說，應該敲鑼打鼓，使每一個追求心靈充實的生命，都體會到什麼叫做靈魂震盪。我們活著不能只是三飽一倒，食色之外，應該享受精神生活的補給，而閱讀高格調小說可以使我們的腦力注入新鮮的養分，而不再只是一潭死水。

〈小葉〉給了我靈感，再加上袁瓊瓊〈自己的天空〉，由此而延伸出《十一個女人》，正如張艾嘉在一次接受應鳳凰的訪問時說：「它（指《十一個女人》）出現的時間點正好；正好電視的連續劇也到了一個瓶頸。正好觀眾已經疲倦於一成不變的某種類型。又正好一批年輕人從國外回來，急著找點事情做。」

電影本來就應該和文學結合。好的導演永遠會搜尋適合搬上銀幕的小說。

小說的功能之一是使人看見。現代人雖然生活在人來人往的人群裡，卻對我們四周的景象常常視而不見。現代人麻木者眾，心靈的枯竭，需要優秀的文學作品才能治療。傑出的小說家是人類心靈的工程師。

蕭颯透過一篇小說，她讓我們正視像「小葉」這樣的人物群。

小葉是一個可憐的女人。用傳統的眼光，我們很自然的會這麼認定。七〇年代都市裡多的是類似不起眼的賣身女子。咖啡女郎、酒女、舞女、沙龍女郎或妓女。像一小片樹葉，一夜風雨，就被吹落在地，隨風飄逝，成為塵土。

蕭颯擅於捕捉現代都市男女情慾背後的人性。〈小葉〉裡的四個主要人物，看似都是社會上的殘渣，其實有血有淚，一樣充滿了愛與同情。觀點人物劉智原，表面上絕情寡義，其實何嘗喜歡用小葉賺來的錢，他和一般男人一樣，希望小葉是他的女人，能養她，能護她。和小葉剛同居的時候，他嘴硬的說：你還是你，我還是我，互無拘束，可是每次小葉回來晚了，他心裡就不高興，有時還會揍她。這是他表現愛的方式。

如果有了錢，劉智原一樣是個好情人。男人的毛病他是有的，譬如好色好賭以及男性沙文主義……

蕭颯以男人的眼睛和觀點，來看一個小小柔柔，有時卻又剛毅的保護著自己的可憐女人——小葉的一生和小葉的歷史。

小葉冷冷的眼眸裡，有的是流不盡的淚，可她從來不哭，她知道哭沒有用。初中時，為養父強姦，以後逃家在外，就靠著自己瘦小的身體養活自己。在燈紅酒綠的環境裡長大，她可以容忍男友的拳打腳踢，她可以賺錢供男友去賭，而一旦見著他和別的女人睡覺，十九、二十歲不到的她，竟然會像個潑辣的婆娘，一上去就給對方兩個嘴巴。

這個身世飄零像一片樹葉子的女人，後來還是離開了曾為他自殺的男友。她投入另一個男人的懷中，可是另一個男人，難道不會令她失望嗎？蕭颯在這篇讓人心痛的小說裡，還是不忘給我們一些溫暖和希望，她另外創造了一個莉莉，莉莉平日小器，一旦逢到友人急難，她還是毫不考慮的把積蓄拿出來，她明知是肉包子打狗。

沒有悲憫的胸懷，老實說，根本就無法寫出小葉、莉莉這樣的人物，也根本不會在都市的垃圾裡，產生這樣一篇化腐朽為神奇的鮮活作品。蕭颯為何寫類似風月小說的答案也就不言可喻！

「小葉」裡面的四、五個人物在沒有愛的世界裡成長，他們的人生觀和生活方式，當然不會令口唸道德經的正派人士苟同，然而透過小說，讀者除了認識這些人，也會深一層的為他們的行為思索。至少人世間的愛情，使得有情的人也必須顯得冷模冷樣，否則明天冷冷的滾來，我們怎能去適應和面對呢？

這篇小說在冷冷的筆調下進行，一個個人物的性格、心態躍然紙上。蕭颯雖然年紀輕輕，可是一派大家風範，她曾以《我兒漢生》超越年齡的限制，又以〈小葉〉超越性別的限制，在小說的世界裡，她已能控制全局，加上她駕馭文字能力超強，只要她寫小說的心志不變，蕭颯在文壇的地位毫無疑問是屬於重量級國寶級的。

蕭颯，本名蕭慶餘，南京人，一九五三（民國四十二）年生於台灣，台北女師專畢業，從十六歲開始寫小說，十七歲即結集短篇小說「長堤」，然後，中間停筆五年，專心一意的談戀愛、結婚、生子……直到一九七六年，重拾小說筆，「明天，又是星期天」、「婚約」、「盛夏之末」、「黃滿真」……一篇接一篇，她寫得熱切而認真，不過半年光景，就出版了第二部短篇小說集〈日光夜景〉。一九八一年以中篇小說《霞飛之家》榮獲聯合報中篇小說獎。

《日光夜景》之後的七年，她的產量豐收，幾乎每年都有新作，一九八一年，一年中居然出版了三本新書《我兒漢生》、《霞飛之家》、《如夢令》。而自從她寫出《我兒漢生》、《死了一個國中女生之後》，批評家普遍給予極高的評價，並四次獲選入「年度小說選」（六十七年、六十九年、七十一年、七十五年）。

蕭颯擅於捕捉現代都市男女情慾背後的人生。小說家張系國也說：「蕭颯最擅長描述大都市裡錯綜複雜的男女關係。而這些故事，多半有著無可奈何的結局……近年來辛勤創作，能夠不斷推陳出新的作家不多，蕭颯是其中的佼佼者……」

《六十九年短篇小說選》的編者詹宏志對蕭颯更為推崇：「做為一個小說家，蕭颯是最可以看見努力與進步軌跡的。在民國六十八年以前，蕭颯的作品已經是時常可見，小說呈現了多面的眾生相，充分顯露她的關心、機智和才情。但到了六十七年的《我兒漢生》，蕭颯溫和流利的文字底下突然增添了鋒利的社會觀察與敏銳的問題探討。她不再只是一位細膩而幽默的小說作家，而是有意見有看法，願意發生憂心、提出質問的思考者。——可以說，《我兒漢生》開始，蕭颯邁進她個人新的寫作境界，使她的小說有了其他新的可能。」

最後我必須再強調一遍，蕭颯是一位小說家，一位實實在在的小說家，到目前為止，她已經出版了十六部小說，卻沒有出版過一部小說以外的所謂散文、雜文或小品什麼的，甚至也很懶得為自己的書寫序或後記，這樣心無旁騖的小說家，在我們喜歡玩新花樣的社會裡，說來也是一種難能可貴的奇蹟。

蕭颯自《我兒漢生》、《死了一個國中女生之後》、《少年阿辛》之後，明顯的看得出她愈來愈關心日趨嚴重的社會青少年問題，近作更關懷女性婚姻以及更擴而大之的社會百態。

蕭颯透過小說，她讓我們看到不光是表象的人生，她已更深層將人性底層的複雜面，也攤開在我們面前。

蕭颯作品一覽表

編號	書名	類別	出版者	出版時間
1	長堤	短篇小說	台灣商務印書館	一九七二年四月
2	日光夜景	短篇小說	聯經出版公司	一九七七年五月
3	二度蜜月	短篇小說	聯經出版公司	一九七八年八月
4	我兒漢生	短篇小說	九歌出版社	一九八一年元月

5	霞飛之家	中篇小說	聯經出版公司	一九八一年七月
6	如夢令	長篇小說	九歌出版社	一九八一年七月
7	愛情的季節	長篇小說	九歌出版社	一九八三年元月
8	死了一個國中女生之後	短篇小說	洪範書店	一九八四年四月
9	少年阿辛	長篇小說	九歌出版社	一九八四年五月
10	小鎮醫生的愛情	長篇小說	爾雅出版社	一九八四年十二月
11	唯良的愛	中、短篇小說	九歌出版社	一九八六年十一月
12	返鄉劄記	長篇小說	洪範書店	一九八七年五月
13	走過從前	長篇小說	九歌出版社	一九八八年一月
14	如何擺脫丈夫的方法	長篇小說	爾雅出版社	一九八九年十月
15	單身薏惠	長篇小說	九歌出版社	一九九三年二月
16	逆光的臺北	長篇小說	九歌出版社	二〇一五年九月
17	金瓶梅中之富商西門慶	論述	爾雅出版社	二〇一五年十二月

附註

《小鎮醫生的愛情》，原為三十二開本。二〇一五年十二月二十日，改為二十五開本，重新出版，仍由爾雅出版社印行。《金瓶梅中之富商西門慶》，原書名為《金瓶梅中西門慶之研究》。

《十句話》精華版

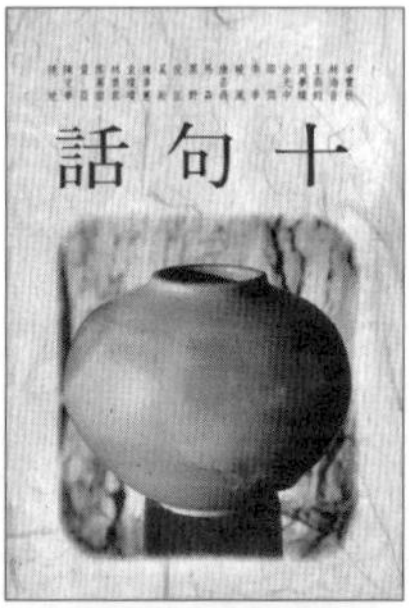

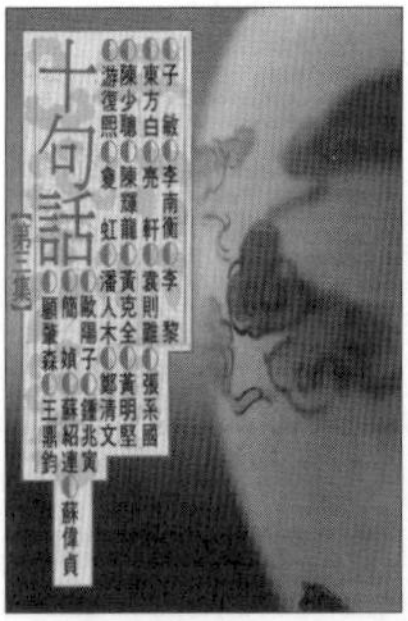

「十句話系列」共六集，其中「第四集」作者全係詩人，由張默主編，其餘五集，由隱地主編。

深夜十句

1

在時間和宇宙的面前，人人都是一隻小螞蟻；
最後的勝利者，是廢墟。

2

清晨來，深夜去，還是深夜來，清晨去？清晨等待深夜，還是深夜等待清晨？
深夜和清晨永遠是兩個無法相見的戀人，還是剛相見，卻又要分離？

3

深夜和清晨交換著衛兵，中間夾雜著睡睡醒醒的人。

4

在睡睡醒醒老去之前，我們更要珍惜每一個清晨。新的一天可以做許許多多的夢，到了深夜，就算你整夜歡唱，仍留不住今天。

5

今天背棄你，明天會像新的戀人，她正微笑著走來。

6

一個沒有溫度的人，就不要對人微笑吧！

7

深夜，我看著電視裡華麗的歌劇之夜，女高音唱啊唱，指揮全神投入，整個樂隊的靈魂，都灌注在每一件樂器上，我，一個不想睡的人，願意也成為一件雕塑，和他們一同在映像裡，成為一張圖片。

8

深夜的我，就讓我做一座安靜的雕像吧，在清晨到來之前，至少，我不必像螞蟻般忙忙碌碌。

9

清晨敲著門，我聞聲開門，隨著光亮，我到信箱取報閱讀——一個追索新聞的人，到了深夜，自然又是一個省思沉思的人。

10

一個人和一隻螞蟻繼續在深夜和清晨之間對話。

臺北市中山堂
TAIPEI ZHONGSHAN HALL

幾米繪

中山堂記憶

四〇年代　臺北的繁華
由古老的大同區東移至城中區
衡陽路成為街道之王
中山堂靠近衡陽路
更是街王之冠

中山堂擁有兩個門牌和三條最短距離的短街
北有酉陽街　南有秀山街
東邊的永綏街十八號
開著一家四姊妹咖啡館

臺北最初的華麗
從四姐妹向四周放射延伸
妖嬈之後變得古典
換了主人的咖啡館改名朝風
成為騷人墨客的情婦
坐在朝風聽古典樂曲
望著廣場前的中山堂
是五〇年代最浪漫的約會
五〇年代的少年如今已成老者
我們——不停地進出中山堂的一代
小時由父母牽著手走進中山堂
現在需要孩子扶著進入中山堂
中間的歲月
如風般自己來去中山堂
看戲　聽歌　用餐　理髮　開會

那是物質匱乏精神卻美好的年代
記憶裡的中山堂
每個角落都閃耀著光亮

附註

中山堂的地址是延平南路九十八號；但中山堂曾經另有兩個門牌，其一為秀山街一號，另一為西陽街二號，一棟建築物，有三個門牌，誠屬少見。但秀山街一號已為戶政事務所註銷。「朝風咖啡館」的隔壁，一邊為三光儀器行，已經搬離；而另一邊「中英大藥房」，至今猶在。廣場前最為人懷念的「山西餐廳」已搬至林森南路且改名為「北平上園樓」，倒是另一邊巷子裡的「隆記菜飯」仍然招牌高掛，是臺北人回憶「老滋味」的地方。

——原載二〇一五年秋季號臺北中山堂《節目手冊》

嚴格的說，今（一九八一）年三十二歲的沈登恩（民國三十八年生），早在十八歲就走入出版界。當年他在嘉義「明山書局」當編輯，接著當兵，退伍後北上打天下，先在「晨鐘」，再組「遠景」，當時他只有二十四歲，王榮文也是二十四歲，鄧維楨三十四歲。算起來都頂年輕。年輕是是六〇年代中期臺灣出版業的特色。民國五十年以前，出版社或書店的老闆，平均年齡總在五十歲以上。而民國五十年以後成立的出版社，負責人的年齡一個比一個小，譬如「名人」的林獻章、「四季」的葉聖康、「好時年」的蔡浪涯、「戶外」的陳遠建、「國家」的林洋慈、「故鄉」的許長仁、高源清……年輕人進入出版業，使得這個行業生氣蓬勃，有了活力，只是，也有一些年輕朋友，缺乏耐性，不肯腳踏實地，他們把出版業當成一個賭台，希望一夜之間就財源滾滾，於是想點子、出奇兵，怪招連連，一向樸實的出版界，突然變得花樣百出，使人眼花撩亂。

附註

這是民國七十年（一九八一）出版的《出版社傳奇》一書中的一段話。經過四十四年後，當時辦名人出版社的林獻章仍在按期出版《講義雜誌》，放棄了名人、名門出版社的經營，而堅持辦一份「提供生命幸福饗宴」的雜誌。在關鍵時刻，林獻章作出了自己的選擇。顯然他也是一位一直在推廣閱讀的人。

寫給講義雜誌林獻章的一封信

整理舊物，發現五年前寫給《講義雜誌》創辦人林獻章的一封影印舊信：

獻章兄：

每個月都會收到一份《講義》，真的是超過二十年了，從五十三歲到七十四歲，讀了多少期免費雜誌，至少以前每期還翻讀不少文章，但從去年到現在，我發現自己眼力差了，無法再像以前那樣大量閱讀，而且年歲大了之後，觀念開始改變，如今的我不願再接受評審、訪問和演講等邀請，甚至一切外界活動，總儘量設法減少……有一天你到了我這個年紀，說不定同樣會有我的想法。此外，由於閱讀範圍也大量縮小，所以從現在起，請停止贈閱貴刊……數十年來我儲存了太多書籍、雜誌、雜物，如今都要逐步清理減少、丟棄……老來才發現，人間有這麼多想丟也丟不完的都是平時自已喜愛的蒐集物……老年人自己不丟，將來讓兒孫丟，問題更多。

謝謝你，獻章，你的雜誌編得這麼用心，許多好文章都發揮了正面能量，讓一些徬徨的心靈找到方向，讓社會變得更為和諧，請繼續加油，要堅持一期期編下去，希望能贏得年輕人的心，讓他們更愛閱讀。

我仍然在寫作，爾雅也即將進入第三十六年……奉上一冊我最新的書

祝福

隱地　敬上　二〇一〇・六・三

附註

《講義雜誌》，創刊於一九八七年四月一日。強調「養氣講義，樂天知命，提供生命的幸福饗宴，一篇文章就可以改變你的一生」。

還記得獻章年輕時英挺的模樣，他那時還在臺大讀書，我們第一次見面就約在臺大羅斯福路校門口。

講義堂股份有限公司 106中華民國台北市大安區信義路四段199巷11號 Tel(02)2704-7560・2754-9488 Fax(02)2700-1516・2701-6068 email bettlife@ms14.hinet.net

講義堂
幸福共和國
HAPPINESS REPUBLIC

隱地兄，

收到來信，一則高興，再則感傷。

我也擔心將來歲月的流逝讓我減少閱讀，因為這是我最大的樂趣啊。現在我每天花在閱讀的時間至少六、七個小時，這還不包括看稿的時間。

我很適應停止演講。

謝謝你寄的兩本書。

祝 幸福。

[illegible] 2010.6.12

附錄

林獻章的回信

隱地兄

收到來信，一則高興，再則感傷。

我也擔心將來歲月必須讓我減少閱讀，因為這是我最大的興趣啊，現在我每天花在閱讀的時間至少六、七個小時，這還不包括看稿的時間。

我將遵囑停寄講義。

謝謝寄來的兩本書。

祝幸福

獻章　二〇一〇・六・十二

卡拉揚和程榕寧

每次在電視螢光幕看到卡拉揚（Herbert Von Karajan, 1908-1999）就會想到程榕寧和她的《我是柏林過客》。

《我是柏林過客》，列入爾雅叢書④，我最常談起爾雅叢書第一號《開放的人生》和第二號《三更有夢書當枕》，卻絕少提到第四號《我是柏林過客》。等到看到有關卡拉揚的消息，才會想起這本書。主要書中有一篇〈完美的愛樂音樂廳〉。

目前在CLASSICA看到一九七三年卡拉揚在柏林愛樂指揮的演奏實況錄影，四十二年前的音樂演奏會，畫面音響映象均保持完好，想想真該感謝科技文明。

卡拉揚一向被認為是「歐洲最傑出的指揮」，柏林人更把他當成瓌寶，他指揮時似乎總是閉著眼睛，甚至彷彿從不看在他面前的整個管弦樂團，卻又有一種凌厲的權威，「但悠然的樂聲，是那麼強烈」，任何人只要看過他一次，永生不會忘記他有稜有角的臉龐，以及他有點瘦小卻巨人般總是那麼精神爍爍。這是一張絕對性格的面孔，在超群的指揮技巧下，又有令人難忘的溫文爾雅風度。

以下一段「關於卡拉揚的簡介」，出自程榕寧《我是柏林過客》的「附註」（頁三十五至三十六）。

卡拉揚生於一九〇八年四月五日，父親是醫生，屬希臘血統，世居奧國維也納已兩百五十餘年，他是家中幼子，奧國籍。

三歲時，他開始學鋼琴，然後到薩爾茲堡莫札特音樂院學鋼琴和聲樂。十八歲，遵從父親旨意，跟隨維也納歌劇院指揮沙克（Franz Schalk）開始修指揮學，同時在維也納大學修音樂與哲學。

他首次在薩爾茲堡指揮音樂會。一九二七年被任命為烏爾姆歌劇院（Ulm Opera house）指揮，先後擔任此一重要職位達六年之久。一九三四年，他在亞琛指揮抒情歌劇交響樂團。

一九三七至三八年間，他以音樂會指揮的身分享名，被邀前往義大利，斯堪底納維亞及其他歐洲國家指揮演奏，同時又在柏林歌劇院演出「魔笛」與「名歌手」，因此聲名大噪。

一九三九年，他被任命為柏林國家歌劇院及國家樂團首席指揮。二次世界大戰後，他出任維也納基金會常任藝術主任（布拉姆斯曾一度擔任這個職位）。一九四九年他首次擔任薩爾茲堡音樂節指揮，一九五〇年又擔任拜壘特音樂指揮。在一九四九年中，他被聘為米蘭斯卡拉歌劇院永久指揮。佛特溫特格勒逝世後，他成為柏林愛樂管弦樂團指揮，他帶著這隊世界享名的管弦樂團在美國旅行演奏，獲得空前的成功。卡拉揚指揮活動遍及歐洲各地，在日本與南北美洲也有他的足跡。

一九五五年三月，紐約先鋒論壇報的音樂評論家稱他是「歐洲最傑出的指揮」。

說了許多卡拉揚，反而忘了提提《我是柏林過客》的程榕寧：一九四八年誕生於瀋陽的她，福建林森人，一九七〇年畢業於政大新聞系，隨即進入老報人耿修業創辦的《大華晚報》（我讀新莊中學時做過一個月報童，每天從館前路，批領一袋《大華晚報》，再走到西門町新世界戲院和「西瓜大王」前廣場叫賣）擔任採訪工作，一九七四年應西柏林國際新聞學院之邀，赴西德參加一項為時八十天的新聞研討會，回台後，便以「我是柏林過客」為題，在《大華晚報》發表了近三十篇的系列報導，由於「涉獵的範圍廣，觀察的角度寬，下筆時又揉進入豐富的情感」所以引起我的注目，向程榕寧邀稿，也獲她同意，成為首批爾雅叢書。

四十年過去，只知程榕寧後來去了馬來西亞，這幾年甚少她的消息，或許今年會在《文訊雜誌》主辦的九九重陽「文藝雅集」會上見到她。

附註

真是有如神助

二〇一五年十月二十日上午參加文訊主辦的「文藝雅集」，我剛在台大醫院國際會議廳找到自己的桌次坐下，程榕寧就走過來和我打招呼。一九七五年為她出版《我是柏林過客》之後，好像只在她的婚禮上見過一面，以後就各奔前程，此次再見面，中間已隔了一萬肆千多個日子。

我們交換了通訊地址。等《深夜的人》出版後，會寄她一本，讓她重新回憶在柏林的日子。

【2015 文藝雅集】10 月 20 日，臺大醫院國際會議中心
左起：隱地、梅遜、楊祖光父子、陳填、孫小英、程榕寧。（李昌元攝）

拉住時間的書

——談林貴真「讀書會四書」

進入「臉書」時代，林貴真不愧「讀書會百變達人」封號，她以輕快節奏，譜出新的尋找自我之書，繼續在新時代新潮流中思考——她的《讀書會逛「臉書」》，小中見大，是一本也可以「讀書會」之名，用來邀約「對話」的書。

自二〇〇一年七月出版《讀書會任我遊》開始，林貴真共完成了《讀書會加油站》、《讀書會玩書寫》和《讀書會逛「臉書」》，號稱「讀書會四書」的系列叢書。

「讀書會四書」有一共同特色，即它們都是拉住時間的書。

任何時候，只要打開上述四書，當會發現，近二十年來有關臺灣文學出版，文人動態、文化訊息，在這四本書裡均有記載，許多詩、散文、小說的篇名和書名，亦不時在書中出現。文字拉住了時間，讓我們禁不住驚奇的發現，原來書，幾乎有一種魔法讓我們長生不老。書，使我們的記憶甦醒，讓我們回到從前——許許多多事件發生的從前。有了林貴真的「讀書會四書」，更讓我們的眼前生出一幅幅畫面，啊！美好年代的許多幸福人生。經過「讀書會百變達人」——林貴真魔術棒的東飛西舞，許多我們老早忘記的事，又有了清醒的記憶，說來真不可思議！

譬如二〇〇九年前後，我曾到臺中石崗「寶光建德道場」作了一次演講，至於演講的內容，經過五、六年後，自然早已忘記，但翻開《讀書會加油站》一五五頁，貴真寫的一篇〈初心〉，原來她全幫我記了下來：包括當年我講的四個小故事，要不是她的書寫，我們所有曾說過的、想過的都早已成了過眼雲煙，但文字能拉住記憶，她的「讀書會四書」，只要我們肯拿出來翻啊翻，啊！書裡記載著多少你我的笑貌音容，許多當今文壇和書有關的記憶，幾乎排著隊，等待我們一一巡視，真好，我們的昨日，曾在貴真「讀書會」進進出出的朋友，你我都可找到自己的影子。還有，我們讀過的書，熟悉的人，無論我們活在過去，現在，當我們排排坐又在一起，彼此相視而笑，驀然回首，你在，我在，原來我們都還在。

在你的記憶裡和我的記憶裡。

附錄

初心

——像一粒「芽」，像一葉「嫩」，「赤子之心」人皆有之

林貴真

陪隱地下臺中石崗「寶光建德道場」。他應邀演講，題目材料不拘。於是，我以識途老馬自居（因為我已被邀過四場）事先幫他做好ppt，事先幫他設計十個提問，有關他的作品與人生觀，我自封為他的「引言人」。

沒想到搭上高鐵，我有意的把十個提問端出，他竟一口回絕，他說怎麼可以全部都在「宣傳自己」？他說他早就決定好自己的講題：「初心」。

當下，雖然感覺自己有點「好心」沒好報，卻也立刻改口：「初心，題目很好，我的提問就當備胎吧！」

說真的，我竟一路思索「初心」這兩個字。原來每個人都有「初心」，也可能出

於各自領略的一番「好意」，但「初心」卻原來是要自己決定的，別人的自以為「好心」可不一定是對方的「初心」。這一場演講受邀的是「他」，更有理由自己決定要說要聊的內容……。

終於，到了臺上，在兩百多位一貫道的道親面前，他像旋轉開的自來水龍頭，千里直瀉，從「初心」開場，足足講了一個多鐘頭，他講了一些文友的故事：

他說，作家劉克襄，早年還在唸書的時候，就決定要出第一本書，而且自印五百本，但是書出來了，卻又不知道如何銷售？後來自己決定每天早早站在校門口，遇見路過的學長學弟學妹們，他鞠躬彎身，向同學們請託購買……如此這般連續好一段時日，終於把書賣完。

是的，一個人可以不計榮辱，只想達成使命，有使命感，這就是「初心」。

另外一個是作家季季的故事，在她十七歲那年，從雲林鄉下隻身北上，為了參加在臺北舉辦的「文藝營」，但萬萬沒想到開課的當天，剛好也是大專聯考日，她毅然決定不去考試，選擇「文藝營」，這位拒絕聯考的女子，日後果真成名，在文壇放光芒。

是呀，放棄一般人走的「大路」，選擇一條「小徑」，要有多大的勇氣，這就是季季的「初心」。

當然，隱地免不了也要提到他的同父異母哥哥，當年曾因向哥哥借款，為了購買他人生的第一棟房子被拒，他掛過哥哥電話。沒想到後來有一天，哥哥卻開了一張二十萬元的支票（當年一間房子只要十八萬就能買到）讓他有機緣遊歐一個月，之後還因視野大開寫了一本《歐遊隨筆》。因此隱地很感恩的說，不只實現他的寫作人生，也創辦一家文學出版社，經營迄今已三十五年，哥哥功不可沒。

原來「助人」的初心人人都有，只是每個人用的方式不同而已。

最後，要回到隱地自己的生命，但他卻用了作家陳義芝的說法：有一回陳義芝的一位也愛寫作的學生向義芝老師說了一段奇妙的遭遇。「投稿」是每一個創作者必經的途徑，但這名學生告訴義芝老師，他出師不利，每次投稿每次遭拒，而且被拒得乾脆，被拒得直截了當：「我們不缺稿」然後電話啪噠掛上。直到有一回他遇到一個編輯，竟是那家出版社老闆親自接的電話，雖然同樣是「退稿」的命運，但在電話線那頭，老闆跟他聊了十八分鐘，詳詳細細分析解釋退稿的理由，雖然稿子還是被退，但這十八分鐘卻讓他十分窩心。原來陳義芝學生嘴中的「出版社」老闆，竟然是隱地自己。

「初心」真的並非要你一定要立志做什麼偉大的人，只是要有那一份照顧人、體諒人、善待人的一顆心而已。

「初心」像一粒「芽」，像一葉「嫩」。其實自呱呱落地時，每一個人都擁有的那顆「赤子之心」就是。但是，長長一生，歷經歲月的磨難又磨難，「初心」早就長繭了，找回「初心」就要學會如何幫自己抽絲剝繭而已。

親愛的讀書會朋友，有機會坐一起，何妨各自打開瓶蓋也聊聊自己的「初心」，更要聽聽別人的，那麼這一場讀書會的交流，一定非常精采。

從北平城南到臺北城南

——《城南舊事》出版五十五年瑣憶

林海音的《城南舊事》，初版於一九六〇（民國四十九）年七月，由光啟出版社印行，一九六九年改由作者自己經營的純文學出版社印行。一九八三年六月起重排新一版，由純文學、爾雅出版社共同印行出版。一九九六年七月二十日起爾雅出版社獨家印行。這本永恆的童年經典之書，出版至今，已長達五十五年歷史。

一本書經過五十五年的風雲變化，仍然在書市銷售榜上繼續長紅，說來可謂奇蹟中的奇蹟。

重慶南路的書店街一家家關門，如今從將近一百家關到只剩三、五家，沒有了書店，書失去了家。找不到家的書只好都疊在倉庫裡暗自垂淚。書的銷路一路像坐電梯似的下降，也就毫不令人意外。在這樣的情況下，《城南舊事》卻總是有新的讀者不停地冒出來，這不由得讓我想著，一定是在天上的林先生，她始終保護著我，唯有她的書繼續暢銷、長銷，爾雅出版社才能經過四十年後，仍然守著星火，將文學的火把繼續傳遞下去……

想想自己和林先生、夏家以及純文學出版社是多麼親啊，當年，大概是一九五九（民國四十八）年，還在唸高中，就向林先生主編的《聯合報》副刊投稿，我的短篇小說〈榜上〉，竟然成為當時「聯合副刊」上的「星期小說」，算起來，這是五十六年前的事了。

這證明，早在五十六年前，我就認識她了，因為在〈榜上〉刊出之前，林先生就常用我的小品，她後來才知道我是她兒子夏祖焯國語實小的同學。

民國五十六至五十七年，也就是一九六七到一九六八——我結婚的前一年，那時我還是騎著腳踏車的青年，白天在警總編後備軍人文藝刊物《青溪雜誌》，晚上到臺北市重慶南路三段三十號純文學月刊上班，協助林先生編務以及打雜，那時，原先的執行主編馬各（駱學良，一九二六—二〇〇五）剛離職，為了晚上上班方便，我特地在漳州街、克難街口租了一個防空洞，作為我的單身漢宿舍。原先，我住在愛國西路警總勤務隊宿舍，但每天晚上有門禁，一過十點就進不去了。我晚上在「純文學」上班的時間是一九時至二十二時，但碰到《純文學月刊》出刊日，林先生規定，用釘書機打釘，要當晚裝袋，這樣第二天一早，打工小弟就可騎車送至郵局，以便訂戶能準時收到雜誌。每逢雜誌出刊日，經常忙到晚上十二時，甚至還有深夜一時，我才能拖著疲憊的身軀趕回防空洞睡覺。林先生一向是講求工作效率的人。她總是親自和我們一起加班，她自己也幫忙，一起將一本本雜誌裝入封套，打釘，直到我騎著腳踏車離開。她才會進到「前屋」休息。

說起「前屋」、「後屋」，原因是這樣的——重慶南路三段十四巷一號（最近認識臺大音樂學研究所的沈冬教授，她小時候住在三段十二巷二號，和林先生家背對背，後院還有一個防空洞）在純文學大樓未蓋之前，最初是林先生的住家，而《純文學雜誌》的辦公室，則在後院廚房加蓋出來的一小間屋室，彼時，林先生好客，常在家宴客，有時約了劉枋、沉櫻或張明老師等幾個牌搭子玩起小牌來，她會利用休息時間從「前屋」走到「後屋」來和我說幾句話，告訴我誰誰誰來了，或交代幾件事，再返回「前屋」。

兩年後，也就是一九七○年，林先生的舊家被拆除改建成一幢漂亮的六層樓大廈，一樓為純文學辦公室，門牌改成重慶南路三段三十號，林先生自己的住家則遷至東區忠孝東路四段永春大廈。因結婚離職的我（接我職務的是鍾鐵民），反而常有機會到林先生新家做客，和許多文友都是在林先生家客廳相遇。一九七五年，我離開《書評書目雜誌社》主編職務，創辦爾雅出版社，接著洪範和九歌等出版社成立，林先生表現恢宏大氣度，她登高一呼，要我們五家專出文學作品出版社的負責人每年輪流作東，一個月見一次面，互相交換出版訊息，以及和書店來往，如何保持愉快的合作關係——於是「五小之名」不逕而走——林海音、姚宜瑛、蔡文甫、葉步榮和隱地，不但成為同業，更是出版界大家共知的好朋友。一九八八年，兩岸開放後，我們共遊桂林，次年前往香港參加書展，一九九〇年，林先生也帶我們到北京共遊她的故鄉，在城南，以及她剛和夏先生結婚時的老家，也到老舍茶館喝茶看表演。一九九一年，林先生又和我們前往峇里島。

那是最快樂的十年，五家文學出版社，幾乎家家業務鼎盛，五家出版社負責人不時地在仁愛路福華飯店中庭舉行早餐會，等到後來林先生玉體違和，又從忠孝東路搬到逸仙路，我們仍不時地在逸仙路附近的餐廳和她見面，後來她不適外出，我們就改到她府上喝茶，有一年林先生生日，文甫兄捧著花，帶領姚大姐、葉步榮和我，一同向林先生獻花祝壽，更祝福她早日恢復健康。

林先生是我們的最高領袖，五家出版社的事，凡事以她說了算。我們都聽從她的指示，五家出版社將近十五年的長相歡聚，也都是因為她的緣故。二〇〇一年她過世後，剩下的四家出版社從此未再聚會，何況，二〇一四年，大地的姚大姐也走了。雖說，爾後兄弟登山，各自努力，但文學出版最好的年代，隨著林先生的辭世，彷彿隨風飄逝的煙花，一切美好都過去了。

林海音，原名林含英，民國七（一九一八）年生於日本，長於北平，原籍臺灣苗栗。北平世界新聞專科學校畢業。

從民國四十四年（一九五五）出版第一本散文集《冬青樹》，林海音至今已有近三十本著作，其中《曉雲》、《城南舊事》、《婚姻的故事》都是流傳甚廣的名著。她的小說和散文多為兒童、女人、婚姻的描寫，由於平日細心觀察，對心理刻劃及瑣細的情節，均能準確的表達出來，經過將近四十年時間的考驗，收在《林海音自選集》裡的一些短篇小說，為人津津樂道之外，愈發璀璨光芒。〈燭〉和〈金鯉魚的百襉裙〉更是一再被選入各種小說選集，譯成英文，並曾出版英譯本短篇小說集《*Green Seaweed and Salted Eggs*》。《剪影話文壇》、《芸窗夜讀》和《隔著竹簾兒看見她》，是林海音所寫有關文壇的「文獻三書」。

同情和愛，表現在林海音作品裡的，還不止此，她更是個兒童文學作家。唯有心存愛心的人，才能創作兒童文學。林海音的《蔡家老屋》、《不怕冷的企鵝》、《我們都長大了》都是小朋友愛讀的書。林海音女士也是國民小學低年級國語課本的執筆人，每一個小朋友，一進學校，讀的就是她所編寫的國語教科書。

說到編輯生涯，林海音更是出版界的「長青樹」，除了早年當過記者外，她曾做過北平「世界日報」編輯，在臺灣做過《國語日報》編輯、《聯合報》副刊主編，《純文學月刊》及「純文學叢書」更使她成為一位最具知名度的老編。

臺灣的出版事業一向前仆後繼，當年為林海音出書的幾家書店和出版社，如重光文藝出版社、文華出版社、紅藍出版社、文星書店，均早已結束營業，一九九五年林海音決定結束自己主持的純文學出版社，所以她絕大部分的著作均已斷版。

創作之外，林海音也編了一系列「中國叢書」，很受讀者歡迎，包括《中國豆腐》、《中國竹》、《中國近代作家與作品》，另外還有《純文學好小說》、《純文學散文選集》，隨著林先生離開人世，這些好書也大都消失了蹤影。

林海音作品一覽表

編號	書名	類別	出版者	出版時間
1	冬青樹	散文	重光文藝出版社	民國四十四年十二月
	冬青樹	散文	純文學出版社	民國六十九年七月
2	綠藻與鹹蛋	短篇小說	文華出版社	民國四十六年七月
	綠藻與鹹蛋	短篇小說	純文學出版社	民國六十九年十二月
3	曉雲	長篇小說	紅藍出版社	民國四十八年十二月
	曉雲	長篇小說	純文學出版社	民國五十六年四月
4	城南舊事	短篇小說	光啟出版社	民國四十九年
	城南舊事	短篇小說	純文學出版社	民國五十八年九月
	城南舊事	短篇小說	爾雅出版社	民國七十二年七月
5	婚姻的故事	短篇小說	文星書店	民國五十二年九月
	婚姻的故事	短篇小說	純文學出版社	民國七十年三月
6	燭芯	短篇小說	文星書店	民國五十四年四月
	燭芯	短篇小說	純文學出版社	民國七十年三月
7	作客美國	散文	文星書店	民國五十五年七月

	作客美國	散文	純文學出版社	民國七十一年十一月
8	兩地	散文	三民書店	民國五十五年十二月
9	春風麗日	長篇小說	香港正文出版社	民國五十六年
	春風	長篇小說	純文學出版社	民國六十年十月
10	孟珠的旅程	長篇小說	純文學出版社	民國五十六年五月
11	薇薇的週記	廣播劇本	純文學出版社	民國五十七年十月
12	窗（與何凡合著）	散文	純文學出版社	民國六十一年一月
13	林海音自選集	選集	黎明文化公司	民國六十四年
14	芸窗夜讀	散文	純文學出版社	民國七十一年四月
15	剪影話文壇	散文	純文學出版社	民國七十三年九月
16	家住書坊邊	散文	純文學出版社	民國七十六年十二月
17	一家之主	散文	純文學出版社	民國七十七年四月
18	隔著竹簾兒看見她	散文	九歌出版社	民國八十一年五月
19	寫在風中	散文	純文學出版社	民國八十二年七月
20	奶奶的傻瓜相機	小品	民生報	民國八十三年十一月
21	生活者·林海音	散文	純文學出版社	民國八十三年十二月

22	靜靜的聽	散文	爾雅出版社	民國八十五年六月

兒童文學

編號	書名	出版者	出版時間
1	金橋	省教育廳	民國五十四年九月
2	蔡家老屋	省教育廳	民國五十五年九月
3	我們都長大了	省教育廳	民國五十六年九月
4	不怕冷的企鵝	省教育廳	民國五十六年九月
5	請到我的家鄉來	省教育廳	民國六十七年
6	林海音童話集	純文學出版社	民國七十六年三月

純文學版《城南舊事》

爾雅版《城南舊事》

《靜靜的聽》（爾雅）

《芸窗夜讀》（純文學）

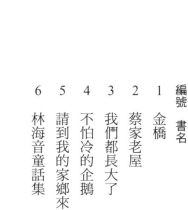

一九九〇年五月中旬，林海音先生（前右二）帶領五小出版同業至北京「老舍茶館」留影。後中為九歌蔡文甫先生。作者在戶外陳遠建（臉遮住一半者）後。留小鬍子穿白色 T 恤者為小說家夏烈。

懷念有陽光的日子

林海音先生走了！

民國八十五年，純文學出版社結束一年後，林先生把新書《靜靜的聽》交給爾雅出版，書裡有一篇〈敬老四題〉，她寫的冰心活了九十六歲，凌叔華和謝冰瑩也都活到九十六、七歲，蘇雪林活到一〇一歲，而林先生只有八十三歲就離開了我們，怎不讓人唏噓難過。

林先生在七十七歲純文學出版社結束前，身體一直還算硬朗，她一口京片子，清脆、明亮，永遠看起來比她實際年齡年輕，我記得民國七十九年她七十二歲時，「五小」的蔡文甫（九歌）、姚宜瑛（大地）、葉步榮（洪範）和我一同陪她回北京老家，林先生找到了幾十年前他們住的老家，一群老太太圍著她，談著當年的「城南舊事」，年齡雖然相仿，但看起來，林先生幾乎比她們年輕二十歲，那時候的林海音最是風光，

《城南舊事》搬上銀幕，她在大陸的知名度如日中天，而在臺北，她家的客廳幾乎就是半個文壇，凡是握筆的人，有誰不知道她？只要是愛閱讀之人，一定讀過純文學出版社的書。彭歌譯的《人生的光明面》和《改變歷史的書》、子敏的《小太陽》、紀剛的《滾滾遼河》和王藍的《藍與黑》，這些書曾經是千千萬萬讀者成長的記憶啊！

舉凡文人的內心，多少都有些孤傲。而林先生一向開朗，她多麼像陽光，照到哪裡，立刻映來溫暖。她不但喜歡交朋友，還總能將東南西北的文友，像條線似的把大家串在一起。許多文友後來彼此成了朋友，最初都相識於林先生家的客廳。她身體健康的那些年，文友們因接到她的電話，快樂的相聚相會，她生病之後，許多文友少有聚會，如今穿珠的線兒斷了，有些文友會更加老死不相往來。

以「五小」為例，由於五家出版社的發行人都寫作，都是文友，早些年就認識，都有淵源，所以成為同業之後，就經常聚會，從民國七十三年起，林先生一聲令下（她是我們的最高領袖），五家每月固定聚會一次，地點在仁愛路福華飯店的中庭，是謂「早餐會時期」，那時大家都還年輕，早晨爬得起來，朝陽還未露面，五家的發行人竟然大清早都聚在福華，快樂的吃著早餐，笑聲此起彼落，那也是最文學的年代，我們五家出版的文學書籍，幾乎占了市場的一大半，後來，有人說早晨爬不起來，餐敘的時間改成中午，約會的地點也由福華轉移到統一牛排館、馬可孛羅、明宮、誠品西餐廳、希爾頓牛排館……再後來，林先生有些走不動了，我們把聚會的地點移到靠她住家逸仙路隔一條巷的法德吉西餐廳，直到民國八十四年八月，林先生的純文學出版社結束，「五小」聚會也自然停止，如今七年多過去了，林先生一走，文學由盛而衰，啊，記憶裡的那些笑聲似乎也回不來了。

而唯一可以告慰林先生在天之靈的是，您的全集已由格林文化公司出版，您最為人知的《城南舊事》一直是爾雅的暢銷書，我會一版一版讓它長銷下去，英子常在，您燦爛美麗的笑容也永遠記在每個愛您的人的心中。

安息吧！我們尊敬的林先生。

原載二〇〇一・十二・三《自由時報副刊》（蔡素芬主編）
收入《自從有了書以後》（二〇〇三年七月）

附註

五家餐敘前後共維繫十一、二年。

一九八五年純文學出版社結束業務，至今已二十年。

附錄

回到故鄉

林海音

民國三十七年底，我帶著母親、小妹和我的三個孩子回到離開二十五年的故鄉來，何凡和我弟弟則隨後也來了。從五歲髫齡小女孩到入學、就業、結婚、育兒，這二十五年的成長到成熟，是在那我稱為第二故鄉的北平度過的，有人說我「比北平人還北平！」我不否認。回到臺灣來，那時的臺北，雖然已經光復數年，但仍屬百業待舉的年代，而我們一上了基隆岸，借住在臺北東門的臨沂街六條通。心情真是複雜；我要認識我故鄉的環境，我需要工作，我需要賺錢養家，我還要照顧孩子，他們才八歲、四歲、兩歲。何凡除了帶著北平親友寫的求職信外，並且南下臺中、高雄，找他的同學代為謀職。轉了一圈回來，洪炎秋先生、王壽康先生、梁容若先生同來找他進「國語推行委員會」和《國語日報》，共同為國語界盡力，這一進了「ㄅㄆㄇㄈ」的國語大門就是四十五年於茲，去年才退休。

而我呢，更是焦心積慮，每天從東門的六條通向仁愛路二段走去，遠遠是磚紅色的總統府，兩旁是高大的大王椰子樹，隨風搖曳，極美的景觀，想到我的似陌生又熟悉的家鄉，是如此美觀。我每天經過椰林大道到新公園省立博物館的圖書部門去看書，那裡有許多日文的《民俗臺灣》等書，我從其中得到許多我家鄉的風習面貌，獲益甚多。而我一路在椰林大道慢慢走過時，微風輕拂我臉，心中也想著：要努力啊！得找工作，孩子又小，生活有了壓力，常常憂愁侵襲心頭。就這樣椰林陪著我觀景、沉思、考慮，南國風味的椰林，昂然聳立直入藍天，即使是颱風天，也幾乎沒看過她連根拔起的。我的心靈深處，也因此找到了踏實與安定。回到家裡來，在那陳舊翹起的小書桌上，為生活，更為興趣，伏案揮筆，開始寫就了臺灣生活的種種，感情的種種，如：〈窗〉、〈門〉、〈生之趣〉、〈燈〉、〈立〉、〈寂寞之友〉……讀者請看我每篇文後註明寫作的日期，最早自民國三十八、九年以至於今。四十多年後的今天，我仍然每天經過椰林大道到出版社來，雖然她沒有以前那麼好看，時空移轉，周圍有太多的變化和高大的建築物；但是我還是很喜歡看她，她仍然是臺北市少有的景觀之美。對她，我有說不出的感情。這麼多年了，一列列的椰林始終屹立不搖，單純、畫一、整齊、秩序，就鮮明的烙印在我的心版數十年，我希望我們的國家也如椰林，永遠有秩序的昂然挺立。

——原載《冬青樹》

附錄

何凡為《冬青樹》寫的序

這是海音的第一本文集，校閱既竟，略述所感，以代序言。

我是一個文科學生，畢業於「吃飯大學」，但是對於吃教書飯的興趣卻不濃厚。無意中一腳踏進新聞界，一晃兒已經二十年了。其間編編副刊，弄弄文藝，所寫所譯，多是零碎應景文章，故此既談不到收穫，更說不上成就。然而我並不因此而有悔意，因為進報館後才結識了海音，這就是我的生命中的最大收穫；她生了四個孩子，使我們共有一個六口之家，這就是我的最大成就。

海音祖籍廣東，落籍為臺灣人，卻是生於日本大阪，長於北平。攻讀新聞學，喜愛文藝，就業於報社、圖書館，因此整天和書籍文字結不解緣。小說看多了，不免見獵心喜，自己也下筆寫寫。文章在報章雜誌上發表得漸漸多了，少不得有些讀者，於是偶然也有些文債要還還。而且以文債抵補了兒女債、生活債，和我共同支持起這個家庭，亦為事實所必需。

這些年來她所寫的文章，除了在大陸上的作品於來臺時全部遺失外，在臺幾年間，總也積有數十萬字。在操持家務，養育子女，以及編報看稿之餘，這一筆「副產品」也就不算少了。如論寫作環境，不禁使我們十分懷念北平南長街那一所小三合，乃至永光寺街那三間南向小樓。尤其是當風雪之夜，我們聽著爐上嗡嗡的水壺聲，各據一桌，各書所感；偶然回頭看看床上睡熟的孩子的蘋果臉，不禁相視而笑，莫逆於心。此情此景，此際只有於回憶中尋求了。

來臺以後，定居臺北，室小人稠，門外復有車馬之喧，而板壁紙門，又是接納諸般噪音的最好設置。白天既吵雜又忙碌，實在無法構思。只有耗到晚上孩子們入睡，街上的車輛行人漸稀時才好執筆。我有時午夜夢迴，透過縱橫交織的蚊帳，看見她還伏在窗前小桌上，一燈熒然下，猶自振筆疾書。夏天是腳下一盤蚊香，冬天是腿上一條氈子。明知熬夜不是健康的生活習慣，然而既沒有其他時間可資利用，也只有聽其自然。奇怪的是，近年作品反而多於從前，不知是為環境所迫呢？還是熟漸生巧？

在這種環境下擠出來的文章，日久數量亦自可觀。但是鑑於集資、編校、發行等事的麻煩，不願為自己忙上加忙，所以從來沒有做過出版的打算。此次承重光出版社樂為刊行，對於海音的寫作是一種很好的鼓勵。

集中三十多篇文章，大體是描寫夫婦、親子、師生之愛，異常的婚姻問題，以及一般家庭生活情趣等。有人批評女人寫作範圍不出家庭，似較狹窄。實則中國既無專業作家，文人以寫作為副業，每人的生活範圍也都寬不到那裏去。尤其是「家常人」型的家庭與職業兼顧的女作家，內外奔忙，自更難四處去尋覓靈感，擴大寫作領域。然而她們堅苦奮鬥的精神，是值得讚揚的。她們就是寫寫所謂「身邊瑣事」，亦不足為病，因為這正是此偉大時代的基層生活的真實反映，讀之令人有親切之感。如果拋棄了其所熟習而理解的事物，硬去巴結更大的目標，露出勉強的痕跡，就與文學的真的要求，自然的讚頌不相符合了。

我不以為家庭是不關重要的，家常理短是不值得論列的，今日民主國家努力於國民家庭生活的改善，並不是多餘的事。家庭是組成社會的細胞，至少要多數這類細胞健全，社會才能穩定，國家才能進步。古人排列事之本末為：正心、誠意、修身、齊家、治國、平天下。這個秩序今日並不須重新排訂，仍是「家齊而後國治」。近年民主國人民在選擇政治領袖時，對於他有沒有一個美滿的家庭，也列為重要條件之一，可知家庭並不是事業發展的絆腳石。那麼，男人讓開，請今日家庭中的「權威人物」們執筆舒紙，來描繪其生活，討論其問題，豈不是順理成章之事？

集中文字都是鼓舞成家立業之言，尚無超出常情的主張。雖是世俗而平凡，但卻不致為害世道人心。斯邁爾斯曾說，世上不知有多少人的思想行動，隱隱受讀物的控制。良好的作品能增進人類的純潔心志與精神健康。反之，有些作者以架空虛構的故事吸引讀者的好奇心，他們描述男女私情，經常以苟合始，以殺戮終，不知不覺使人將種種不道德的思想植諸腦中，實為有百害而無一利。他又引述路克巴爾評司各德的小說，是「三十年來最有益於人類的出版物，能使讀者吸收高尚純潔的思想，鼓舞強旺活潑的精神，增長仁慈博愛的感情。」和曼基斯達評狄更司的作品，「裏面沒有一章一字一句，含有不潔的意味，它使人明瞭忠義的可貴，勤勉的可尊，又不時灌注宗教的同情，使人擴充其愛心。……他的感化力量，已使無數的人造就了高尚純潔的生涯，我們全英國的人，都應該向他致敬感謝。」（見「勵志文粹」）

我人雖不能媲美司、狄二氏，但是也不願利用印刷術的光榮的發明，來傳布無益於讀者的文字。

集中有些小故事固係取材自舍下，但是並不完全是本戶的生活報告，而是把一件小事加以渲染、誇大、添枝增葉，而使其故事化，所以文中的「我」不全是她，文中的「他」也不全是我。尤其是關於開丈夫玩笑的部分，讀者不可輕信！孟子說：「盡信書不如無書」，此地用之最宜，這是我應當把握寫序的機會加以說明的。

歷來為人作序，慣例是好話連篇，即不致誤。但如果作者是自己的妻子，問題卻複雜些。捧場過分，懼內嫌疑重大：如果擺出「戶長」面孔，亦殊失「相敬如賓」之道。我不知道有什麼前例可援，故此不知如何下筆才好。爰說海音的寫作經過，作一簡略報告，刊之篇首。同時也是對這位我的寫作、編輯與共同生活十七年來的好伴侶，聊表敬意。

夏承楹　四十四年十月十八日

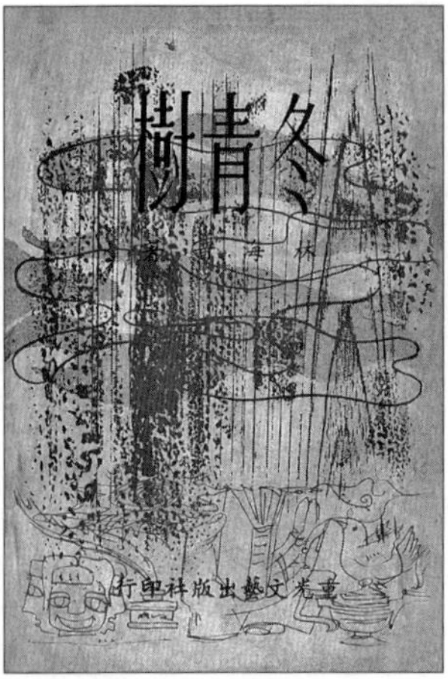

林海音的第一本書
《冬青樹》（重光文藝）

秋夜裡想起一個叫冬青的名字

一九九八年（民國八十七年）八月，幼獅文藝主編陳祖彥和責任編輯張麗麗合編了一本作家訪問專書——出自《幼獅文藝》四八二至五二八期的專欄——書名：《我其實仍然在花園裡》，此書兩位主要採訪人為沈冬青和林素芬，在二十一篇訪問稿中，林素芬寫了九篇，沈冬青寫了七篇，其餘五篇，分別由陳祖彥寫三篇，鍾淑貞和黃智溶各執筆一篇。

詩人焦桐為本書寫序，他說：「收錄在本書裡的人物都是文學園圃裡辛勤勞動的自耕農，也是臺灣卓然有成的文學工作者，他們依序是：余光中、施叔青、張系國、隱地、張錯、蘇偉貞、鄭愁予、鄭樹森、阿盛、愛亞、陳幸蕙、張曉風、袁瓊瓊、吳念真、楊牧、劉克襄、簡媜、王浩威、楊照、曹又方、朱天心，涵蓋的範圍包括詩、散文、小說、報導文學、評論、出版，光是看這一份名單，就可以勾勒出當前臺灣文學的座標。」

這是十七年前出版的一本書。經過了十七年，上列二十一位寫作者，除曹又方於二〇〇九年先走一步，其於二十位握筆的人，均未放下手中的筆，每個人都常有新書出版，可謂都是有恆心毅力之人。

與永恆拔河不休的詩人余光中接受沈冬青的訪問時說：「只要五、六個月沒有詩，就感覺不像詩人」。

就是這種不斷向上攀援的決心，讓詩人愈老彌堅。

在偶然間整理舊物，突然找到住在新竹峨眉鄉的沈冬青，一封於一九九六年九月五日給我的短信，告訴我她和先生永國從紐約返國，就收到我寄給她的《黃羊．玫瑰．飛魚》（席慕蓉散文集）和我的詩集《一天裡的戲碼》。這封信居然保存了十九年，讀著信上的一筆一畫，啊！這是秋天，秋天總是讓人想起故人，但願名字裡有「冬」的沈冬青，仍然生活在春風裡。等到冬天《深夜的人》出版，我會設法寄《清晨的人》和《深夜的人》各一本至新竹峨眉，希望讓她知道，經過了十七年——我其實仍然在花園裡。

隱地先生：

我的後腳剛踏出紐約
黑夜裏最凶猛的一匹野狼
翻身推開緊閉二十多天的大門
準備接受賀伯恣凌的殘局
卻是滿室春風
書香撲鼻

和永國二人第一次單獨出門闖蕩，在美國西北海岸盤桓二十來天，旅程最後結束於紐約。回來一邊重整家園，一邊就在零域的文字裏，很快地找到原來生活的軌道，然後是一天裡的戲碼，黃羊玫瑰飛魚，它們牽引著我跨越時差，洗去旅人的漂泊衝動，讓我安蟄於書桌的角落。該怎麼謝謝這樣的恩賜？錯過一本書，錯過的可能是一個世界，一種再生的力量。我由衷感激。也喜見爾雅迭出新書，若有可效薄力處請告知，打雜包書亦好。

祝　　安好

冬青 9月5日

附錄

我其實仍然在花園裡

沈冬青

我其實仍然在花園裡
只是行人匆匆
總是路過
不肯到文學花園欣賞
美不勝收的
樹木花果

——隱地〈第五十八首〉一九九四

無論是「愛陶愛書愛畫愛音樂愛看電影」（〈熱愛生命〉一九九四）、「一個藝術生活的追求者」（〈二十六個我〉一九八七）或「一個生活的獵人」（〈書無罪？書不死！〉一九七六），還是以「瀟灑心情和態度，不斷地轉換生命的媒材」的逸士（陳義芝〈隱地的現代文人畫〉一九九五），包括作家自己，這幾乎是文藝界對隱地其人共同認定的記號。這樣的人，就算不是個作家，也必是生活的創造者；何況身為寫作者，想當然應該得天獨厚擁有滔滔不絕的創作力吧！

但是作家隱地往往隱藏在出版人柯青華的背後，他常常只是爾雅的隱地。一個人扮演兩個角色，他的生活呈兩面化，搞實務的出版社發行人和浪漫熱情的創作者，兩者一半一半。而寫作的時間遠不到一半，也許只有一半的一半，再一半？

> 魚與熊掌不可兼得，你到底想做一個傑出的作家，還是擁有一家生意鼎盛的出版社？
>
> ——〈作家與出版社〉一九八〇

> 寫作的人一辦行政事務，靈感立刻被磨得光光。
> 我的忙碌使我懶於思想，我的小說生命已經結束。
>
> ——〈存書存書〉一九七八

掙扎的聲音從創辦爾雅出版社開始就不斷。當年寫〈一個叫段尚勤的年輕人〉的小說家，把自己的影子一篇篇寫進小說裡，有了《傘上傘下》、《一千個世界》（後改名為《幻想的男子》）、《碎心簷》等作品。小說豐富了隱地青春的生命，開拓了他的視野，轉化了一顆苦悶不快的少年心。家庭的變故、生活的窮窘、成長的不順，全由小說的文字世界抵銷。小說，是隱地的文學原鄉，成就了他的夢想和熱情。如果說「小說生命已經結束」，是不是意味著夢想和熱情一併消亡？

仔細觀察隱地二十多年來（爾雅成立於一九七五）的成績：爾雅仍然屹立出版界的一株文學大樹，在文學市場蕭條的後現代社會，堅持著平均一年出書二十本的原則，不能不算是異數；而從《快樂的讀書人》到《法式裸睡》，兼有讀書報告、出版評論、手記小品、散文、新詩等，品類不可不謂繁多的十七本作品，實在值得注目。夢想和熱情不但沒有消逝，反而更神奇地蛻變滋生，直到詩集《法式裸睡》出版，大陸的評論家沈奇說隱地「在午後之旅中轉而為詩，是一種心態年輕的表現」（〈在時光裡種一棵詩歌樹〉一九九五），我們不免訝異他是如何化解寫作的困境，將兩個世界統一調和的？

作為一個讀者，我們同時讀著一個作家的作品和人。對隱地，心中總有一絲疑惑：隱地的外表和他的文字有很大的落差。文字的隱地縱使講究品味，也是悠悠緩緩的，有一種中年圓融的智慧；而影像的隱地卻十分的 sharp，帶著潮流的力量。難道那也是兩個生活面的影響？見了面，辦公室裡的隱地像坐在自家書房前的神情，卻又悄悄地和文字的隱地疊合。當他對送來稿件的詩人辛鬱說「今年的春天不見了」，我採訪的正是詩人隱地。

對別人來說，詩或許是少年時候的情人，對我則不一樣，我是四十歲以後才開始讀詩的。我很高興能為詩人做些事情，我更希望自己有更多的時間讀詩，等到年老，成為愛讀詩的老人。

——〈詩與我．我與詩〉之一，一九八四

四十歲開始讀詩後的隱地，為詩人印行了《創世紀詩選》，又出版了十年《年度詩選》，甚至與詩約期終老。說這話時，大概沒想到十年後自己也寫起詩來！「進入生命的冬天」的作家面對新的文類，顯露出來的是完全的新鮮和認真。看他在《法式裸睡》的後記裡描述這一段「全新的經驗」，從寫作到發表，那不是大家似曾相識文藝少年投稿的模樣嗎？初寫的猶豫、等待的焦慮、刊出的興奮、鼓勵的喜悅，一一重現。隱地珍惜這些「重新學習」的經驗，這正是創作者難得可貴的情懷，創造力不竭的祕訣所在吧！隱地說得好：「膽怯，是熱情的另一面。」進入完全陌生的新文類，他戰戰兢兢向年少許多的詩人陳義芝以及其他寫詩的朋友請教。當他的真心說服了詩人，兩者一來一往的書信毫無顧忌地就詩的學問討論起來，我們看到了隱地的虔誠專注。

這種真誠的態度，同時存在隱地的為文與為人。因為工作的關係，他以文章廣結許多緣。平時抱著服務作家的態度，已成為他事業的鐵則。從陳義芝的例子，文人相互交換寫作的經驗，已勝於「奇句共欣賞，疑義相與析」的境界，這是創作活力可以源源不斷的一個契機。當然並不是每個作家都有這樣的機會和擺脫顧忌的勇氣。隱地在這方面是幸運的吧！他還因文章結了一個生命中最重要的緣——林貴真女士，這位作家太太也在隱地的寫作天地扮演一角：

每當我靈感枯竭時，她卻常能一語驚醒夢中人，使我的文思再度泉湧……

——〈心的掙扎．後記〉一九八四

她總是提醒我，詩要寫得像詩，千萬不要又寫回去——所謂寫回去，她指的是我寫「人性三書」……有了這番提醒，我盡量設法減少直線思考，多繞一些圈子，人生的這座花園，也就更加讓我看到它的全貌了！

——〈寫詩的故事〉一九九五

身邊立即的讀者和批評家，對寫作，又是另一大助力！而與人的密切來往，使他的作品中「人的氣味」特別彰顯。

去年一整年，包括未收入詩集的詩作將近有九十首，隱地的答案似乎是再自然不過了：「專注可以激發人的潛力。你去敲它的門，它也會來應你的門。」一般人說寫詩是熱情的表現，和年齡有關，隱地此時可以自豪地說自己是「熱情不減當年」。但是無論如何，中年以後開始寫詩畢竟和為賦新詞的年少詩人不同。在隱地下筆之際並未自覺，當陳義芝說出他詩的特色時，才更清楚：「因為歲月已長，故登臨俯瞰的角度自大；因為閱歷已豐，故人間之潛像、潛力儲積必富；因為生活無憂，故較青年時更充具藝術創作所需的神閒氣定。」（〈隱地的現代文人畫〉一九九五）他說：「人的一生就像春夏秋冬幾部曲，當經歷了人生的快樂、悲傷、順境、逆境種種之後，應該趨向所謂的成熟吧。」「年輕時寫作多半為了稿費，雖然作品發表時仍感到快樂；但現在寫作是單純地享受快樂，無目的的快樂比有目的的快樂更快樂。」

另一方面，對文字的駕馭，隱地也自覺更有把握。他稱以前的作品為「習作」、「文字操練的形式」，雖然不乏可讀之章，但是要直到《愛喝咖啡的人》、《翻轉的年代》，他才感到得心應手。從文藝的愛好者到編雜誌、做出版，隱地始終沒有離開文字。其中不只意味他對文學的執著，更憑恃一種當機立斷的能力。三十八歲才創立爾雅的他，抱著只准成功不准失敗的心態，做一行像一行，放下了作家的身段，認真地學起發行。「那時創業已不算年輕，還好我有那種決斷力。」兼具感性和理性，才足以扮演生活的兩種角色。寫作的時間雖被切割，意念在掙扎，他的筆從未停過：

> 我願寫下：我看到的、聽到的、想到的、感覺到的……使每一個在茫茫天涯路上奔波的人，能駐足、能回首，也想想自己正走著的路……人活著，總要思索，總要品嘗。
>
> ——〈我願〉一九八七

> 寫是磨難，不寫卻是遺憾。／寫是有話要說，寫是心願未了。／我寫故我在。
>
> ——〈寫〉一九八九

「我寫故我在」，所以隱地會說自己信仰的宗教是「文學教」。他用一則則的手記形式，簡速地記錄人的姿態、生命的萬象，擺脫了時間對他的限制；他把觸鬚伸向日常生活的角落，在尋常的吃喝題材中，捕捉都會生活的環境與心境。一本「餐飲手冊」（《隱地極短篇》）以及《愛喝咖啡的人》所構築出來的風景：音樂、電影、美食、咖啡、個性的餐廳，在混亂翻轉的年代居然讓讀者對生活其中的臺北人生出一絲羨意。

麗水街上的「長春藤」充滿了文人的氣息、待人和善的「百鄉」女老闆、稀奇古怪的「現代啟示錄」……發現一個吃飯的好去處，像發掘到一座寶藏，雖然變換的速度極快，發現的趣味也恆久存在。當然隱地在這些作品中，最重要的是傳達出一分文人的豁達與感慨：

臺北、紐約……每一個大城裡都有寂寞的靈魂。畫家的畫展酒會、音樂家的演唱會、電影首映慶祝會……當藝術家愉悅的接受別人鼓掌，曲終人散之後，他們有更多漫漫長夜的掙扎與煎熬，以及一顆寂寞的心，在大都會的欲望街車裡不知何去何從……。

——〈大都會傳奇〉一九九〇

接連幾天，他都是一天快樂，一天悲傷。人的情緒怎麼這樣起伏不定？

——〈歡唱〉一九九〇

晚上睡不著，輾轉難眠……我和太太只好一人一粒安眠藥，吞食的時候，頗像演出一場殉情記。

——〈夜襲〉一九九〇

從手記式的「人性三書」（《心的掙扎》、《人啊人》、《眾生》）到詩的創作形式，似乎再順理成章不過了。從這個過程，隱地獲得一個啟示：「手記是直的，作者把人生的閱歷明明白白地告訴讀書，唯恐你不懂，詩則不是直線，它要轉幾個彎，跟你捉迷藏。剛開始寫詩，最擔心的就是手記直接的東西會跑出來。後來陳義芝告訴我，詩沒有一定的寫法，人家這樣，你可以那樣，我才豁然開朗：所有文學都是一家的。分類是批評家的事，寫作時根本不必管是詩是散文，到最後只有作品好不好的問題。」豐厚的文字操練基礎，水到渠成，隱地充分享受著創作的自由。

即使如此，隱地還是不忘提到他的「止」的哲學：「作家在任何時候都應戰戰兢兢，不能過於自信。讀者具有兩雙眼，是溫柔也是嚴厲的；可以給你掌聲，也可以給你噓聲。創作的時候可以很自由，但發表時則要嚴肅。」辦出版接觸了各式各樣的作者，對於成名作家的寫作大忌，隱地恐怕比一般人更有感觸。「寫作貴在原創，」他說：「如果沒有從體內爆發而出的動力，就去讀，不要硬去寫。」從年輕時代，隱地就是一個勤於閱讀的創作者，而且做了不少引介好書的工作，在他看來，閱讀和寫作是不可分的：

即使他最初是一個天才，由於不能繼續對寫作抱嚴肅的態度而一味以發表為快，他的寫作生命終必枯竭。這裡所謂枯竭，並非指「量」的枯竭，乃指「質」的枯竭……。

——〈司馬桑敦「山洪暴發的時候」〉一九六六

我們有些「名噪一時」的「作家」，往往寫書的時間太多，看書的時間太少。而一些還肯翻翻書的作者，又是略讀的多，精讀的少；讀消遣性文字的多，讀理論性文字的少；在這種情形下，再加上思想領域的有限，生活經驗的平淡無變化，作品難免幼稚而不切實際。

——〈幾個閃爍發光的名字〉一九六六

要文字不老，有三條路：其一，接觸古文學，熟背唐詩、宋詞、《古文觀止》等等；其二，大量閱讀好的西洋文學作品；其三，學讀現代詩。好的新詩有大量豐沛的語言文字、創新的詞彙、豐富的想像力。作家要不停吐絲，怎可不食桑葉？新詩就是最新鮮的桑葉。

——〈詩與我．我與詩〉之二，一九九一

他甚至說：「一個好的詩讀者，其實也是一個創造者！」「讀詩的快樂，就是峰迴路轉，訓練我們意象和意象的接龍，以及語言的再創造，使我們僵化的思想，接受新的挑戰。」（〈現代詩與古典樂〉一九九五）作為一個月底報表銷售數量經常是個位數的文學出版頭家，作為一個「坐在時間走廊」看遍「人生四季風景」的創作者，隱地無時無刻不在接受新的挑戰。不僅出版人要像拳擊手，邁向老年的生命更得如此。忙碌根本不是問題，「愈是忙碌，愈是有靈感。我不必坐在那裡等，刻意找東西寫。它自然會來呼喚。不想寫時，我可以讀。」清晨家人酣睡之際，是隱地享受寧靜、記錄靈感、閱讀思考的寶貴時刻。他自足、不強求，因為他是個「喜歡慢」的人，「只要誠實在，堅持就是一種美德」，他不是個花俏的作家。另一方面，他深諳創造的祕訣在於迎接挑戰，避免僵化。而使生命保持活力的不二法門，就是繼續作夢，「只要新夢不斷、熱情不減，我們就會永遠是一位有活力的人。」（〈電影・咖啡・夢〉一九九二）

對隱地而言，詩是他的新夢；而創作最後的一個夢想，文友和他的讀者都知道——寫一部長篇小說。寫完《眾生》，在後記中隱地這樣說：「我的手記文學到此為止，以後希望自己能寫其他的書，或許先寫一本小小說，做為將來寫小說的暖身運動，寫一部長篇小說才是我的最後大夢。」從這裡我們也可領悟到，創作這件事有時是多變不可預測的，就算是作者本身也未必料得準。但這也是它吸引人的一部分。王鼎鈞就寫了首詩〈推測隱地為何寫詩〉，調侃他道：「長篇小說不孕／精子結成舍利／晶瑩細緻鏗鏘有聲」，據說還是散文家的第一首詩，文人間創作的互相影響又是一例。雖然寫小說已經是很遙遠的事，隱地也坦承自己都沒把握還能不能寫、什麼時候開始寫？但小說，那年少時埋藏下的熱情種子，永遠不死！

爾雅的隱地，創意也許不比作家隱地。他堅持出「全家人都喜愛的書」，但必須是文學的，也許使爾雅看起來有點雜而不純，缺少鮮明的個性，但是它自有可佩之處。三百多本叢書裡頭，為作家照相而出版的《作家之旅》、《風采》、《作家的影象》；結集書的封面的《風景》、作者寫作年表的附錄，處處可見出版人細膩的經營。對所有文學資料的整理和保存，隱地出的書絕對是最好的典範。沒有這份宏觀，這點尊重，今天我們創造出來的一切成果，若干時日都將成空！這是出版界最偉大的創見。

廈門街一一三巷隱身在臺北老舊的社區內，卻絲毫沒有小巷小弄的忸怩態，兩旁停車不論，會車尚有餘裕。榕樹、印度橡樹之類的大木擎著天與人們為鄰，還有每家沿牆而闢的長條花圃與行人磚道迤邐而前。爾雅有個好家。「我其實仍然在花園裡」，路過這裡，你不妨走進這文學的花園，欣賞那美不勝收的樹木花果。

（原刊《幼獅文藝》四九八期）

WH
2015
7月號
定價170元
357
文訊
學人專訪 綻妍野薔薇：鄭明娳
懷念作家 楊念慈、羅浪、廖清秀
我們的文學夢 文學路上苦樂多◎亮軒
亞洲華文創作新星 徒勞花園◎葉曉文（香港）
本期專題
爾雅不惑 文學無限
〈綜述〉
白　靈◎汪淑珍◎林積萍◎蕭　蕭◎張春榮
陳美桂◎陳逸華◎李令儀
〈爾雅與我〉
王鼎鈞◎白先勇◎向　明◎李進文◎季　季
邵　僩◎亮　軒◎柯慶明◎洛　夫◎虹　影
席慕蓉◎康芸薇◎張曉風◎梅　遜◎郭強生
陳義芝◎喻麗清◎黃克全◎愛　亞◎齊邦媛
歐陽子
文路
銀光副刊
Senior Writing
〈詩〉 傅予◎碧果◎張默◎林梵◎黃榮村
〈散文〉 畢璞◎李喬◎賈士蘅◎傅林統◎心岱◎周愚◎吳東權
〈圖文創作〉 李賢文
ISSN10199128

《文訊》357期

二十九個名字

余秋雨教授有一次當著我面說，他的書桌上放著一本繁體字版的《新文化苦旅》。啊！跟我的想法一樣，二〇〇八年七月二十日，當七百二十六頁的《新文化苦旅》，透過我手堂堂出版，看著這樣一本氣派大書，我對自己說，爾雅有了這本書，可以了——做為一個出版人，為此我感到安慰。

那是七年前的事情。七年後，二〇一五年七月二十日，我的桌上放著一本《文訊》三五七期，封面上有兩行字——「爾雅不惑　文學無限」。

然後是二十九個名字。

由於就放在書桌上，就在我的眼前，我每天看著這二十九個名字，他們都是我出版生命中和我有緣之人。和我相遇過的何止二十九個名字，甚至二百九十個，也可能是二千九百個……

是的，從愛上書，接著自己也寫書，然後有一天又成為做書的人……從一九七五年七月二十日創立爾雅出版社開始，和詩人、作家以及無數熱愛寫作的朋友不停地接觸，從寫信、通電話到約會、吃飯、聊天到談文說藝，我每年每月每日都在和有相同興趣的人來來往往。

有時一個人安靜的在辦公室和家中書房，也是在讀他們的稿，他們的書，就是這樣窮年累月，我陶醉在自以為是的友情裡，我和無數人做著精神上的朋友，但歲月會改變許多事情，包括人的觀念，慢慢的，會發現所謂文友，也是來來去去，起初彼此喜歡的兩個人，不久就減少了往來，沒有往來，不代表心中沒有彼此，「君子之交淡如水」，然而「淡如水」的結果，到後來真的從此不再往來了，連心裡原先擺著的位置也消失了，是的，就像星空中的兩顆星，各自亮各自暗，也各自消失。

經過了四十年，心中還念著對方，還想和對方說些話，這就不容易了。我看著《文訊》封面上的二十九個名字，心中又燃起熱情，就像我對文學不渝的愛，我因此渴望寫下自己心中的一些感懷。

《文訊》上的二十九個名字一起寫我，如今，請讓我一個人來寫二十九個名字。

1 白靈

白靈，一個化工系的教授，年紀比我小十四歲，平日見了面，他並不能言善道，我們聊天的機會不多，幾乎沒有單獨吃過一次飯或喝過一杯咖啡，但他對我整個心靈追求多麼瞭然於心啊！二〇一一年六月，他在明道大學為我辦的學術研討會上，發表了一篇〈承載與流動〉，談我詩中的船舶美學，我心裡想的，我夢中追求的，全部逃不過他的一支筆，他用奇怪的術語，像一盞照明燈，將我和我作品的特色拍進了他的透視圖；而爾雅四十周年，他又以〈舉高文學的姿態〉為題，將我和爾雅又剖析一番，他看到了我的堅持，我在他面前變得完全赤裸，這樣一位彷彿隱藏在我身體裡的人，我該如何向他道謝呢？他說了我太多好話，而我是如何對待他的呢？雖然也曾替他出版了詩集《大黃河》（一九八六年），因初版四千冊銷了許多年才售完，遂未為其再版，一本好好的詩集，就這樣斷版了。他卻從未埋怨抱怨，也並不要求我繼續加印，有些作者如果遇到如此狀況，早已拂袖而去，白靈照樣笑瞇瞇的，他是一個好脾氣的詩人。

許多人出版詩集，想起寫序的人，第一個總是想到他，白靈明知自己已超過負荷量，不忍心別人失望，他還是在最後一分鐘，讓朋友滿意的得到了他的序文。

2 汪淑珍

汪淑珍副教授是臺灣研究林海音和純文學出版社的專家，著有《林海音小說敘事技巧研究》、《文學引渡者——林海音及其出版事業》。她也一向關心臺灣的文學出版社對臺灣文壇的形成、影響和貢獻。她的出現，讓從事出版事業的人感到安慰。

獲得中央大學中國文學博士，汪淑珍副教授的眼睛，就是一部臺灣文學史。她看到了純文學，看到了爾雅，當然也會看到其他文學出版社出版的優良著作，如今她在靜宜大學教書，她會把每一本優秀的文學好書介紹給學生，她正在做薪傳的工作。

3 林積萍

林積萍副教授看到的是爾雅的「年度小說選」。〈昨日的播種，今日的收穫〉，她的文章題目，就肯定了爾雅前後三十五年所一直做著的一項工作，儘管，爾雅到了一九九八年，出版了邵僩編的《八十七年短篇小說選》之後就劃上休止符。

讀完林積萍的文章，我的眼睛濕了。但我感謝自己年輕時候福至心靈，竟然從民國五十七（一九六六）年開始就會出現編「年度小說選」的點子且以行動付諸實現；我也要感謝所有曾為「年度小說選」獻出心力的編者以及歷年寫出優秀小說的作家。王德威編選的《典律的生成》一、二兩集更延伸臺灣的傑出短篇小說，就像林積萍說的：無異是為「未來」的小說史料提供了最準確而珍貴的資料。

4 蕭蕭

蕭蕭出版詩集《悲涼》，已經是三十三年前的事，然後是《來時路》，然後是《青少年詩話》……

蕭蕭說我是他的貴人，對我來說，蕭蕭才是我的貴人。一個軍校畢業的學生，他執教的明道大學竟然為我辦了場「隱地學術研討會」；而爾雅四十年慶，在紀州庵文學森林辦了場「爾雅不惑・詩心無限」的慶祝活動，主辦單位為《臺灣詩學季刊雜誌社》，要不是蕭蕭（還有封德屏、駱靜如等的提議），也不可能有這樣的集會。蕭蕭、蕭蕭啊，他為臺灣文壇、詩壇做了多少事情，他為作家、朋友付出多少心血，他推動兩岸文化交流，他為臺灣老文人寫傳寫史……詩人蕭蕭做了許多文化部長該做卻未做的事情，怎不令人肅然起敬。

蕭蕭從擔任中學老師開始，就不停地推動現代詩導讀，而自己也努力進修，從中學老師到大學教授，當中有多少關卡，蕭蕭全一一克服了。

蕭蕭現在是明道大學人文學院院長、講座教授，六十六歲的蕭蕭仍勤於筆耕，詩集也一本接一本出版，爾雅二〇〇〇年的「世紀詩選」亦由他策劃。目前二魚版「年度詩選」，他仍然是五位編選委員之一，蕭蕭顯然是精力旺盛之人。

5 張春榮

一九九三年為張春榮出版《一把文學的梯子》，至今已二十二年。

春榮是臺灣師範大學國文系博士，他自小苦讀，完全憑自己努力，終於登上臺北教育大學語創系教授的寶座，得來不易，他「以修辭學為理論基礎，由古典走向現代」，一九九九年，在爾雅出版《極短篇的理論與創作》，由於他於一九八七和一九九〇年最初出版的《含羞草的歲月》（師大書苑）和《狂鞋》（聯經），就是以「極短篇」初始啼聲，後來步上講壇，教的課程剛好又是「小說選及習作」、「文學創作與鑑賞」，十四年中，採擷前賢高論，致力於極短篇研究，進而探究理論。如今成為這一門學科的專家，也是其來有自。

張春榮在《文訊》上發表的〈爾雅極短篇微觀美學〉就是他全方位，將近三十七年來「極短篇」在臺灣從詩人瘂弦於聯合報推動小而美的書寫開始，進而，爾雅於一九八七年大量出版「作家極短篇」，並出版由瘂弦等著的《極短篇美學》（一九九二，爾雅），這股「極短篇」旋風影響深遠，特別是馬來西亞、香港、澳門……凡有華人熱愛寫作的地方，由於「輕薄短小之中又常含哲理」，且易於下手，所以為初習寫作者喜愛，「極短篇」遂成為登上寫作之路的敲門磚。

而春榮就是這座「極短篇花園」裡最盡職的園丁。

6 陳美桂

「高中教師。喜歡閱讀、看電影、走路閒逛、尋找有特色的店；喜歡感受舊時代的氛圍以及新潮流的張力。個性熱情而膽怯、成熟而幼稚、複雜而單純，想做自己、有自己的標記、自己的風格、自己的想法、自己的品味；羨慕詩人、人文電影導演、展現自我生命能量的藝術家、開個性商店且甘於安靜平凡的人。」

這是陳美桂寫在〈時間的綠藻‧光的遊戲〉（《一〇一年散文選》，九歌，二〇一三年，頁三六二）前的一段話，讀完此段作者自我介紹，彷彿那個常在美術館、藝文活動展場出現的陳美桂正微笑地在眼前走過。

她是北一女的老師。

記得二〇〇〇年前後，從廈門街住家搬至內湖，二〇〇二年，原先在出版社隔壁的二樓住家，經貴真和我商量，重新裝潢成「爾雅書房」，不時的舉辦小型藝文演講，彼時北一女的陳美桂和駱靜如老師經常帶了班上同學到「爾雅書房」，和作家面對面交談，以及交換寫詩讀詩的心得並朗誦新詩。後來爾雅若有作家演講，北一女同學來參加的人數愈來愈多，使我深刻感受年輕學子其實是喜歡文學的。

二〇〇三年十月十二日，受邀擔任「北一女駐校作家」三個月，更時常蒙陳美桂、彭自強和駱靜如老師開車接送，和陳美桂老師有了更多接觸，對「爾雅書房」她也極為關懷，此次《文訊》特請她訪談林貴真，寫了一篇〈相遇爾雅書房〉的報導，可謂是最適當的人選。

陳美桂老師將由文學欣賞者進而為創作者，她正在整理多年來的寫作成果。預計二〇一六年，她會出版第一本書，展開她生命史上的新頁。

7 陳逸華

二〇一二年，陳逸華還在九歌編輯部任職的時候，剛好我正為九歌的「年度散文選」精挑細選中，準備出版《一〇一年散文選》，陳逸華剛好是這本書的執行編輯，一年中，我們經常書信和通電話；陳逸華是一位很有耐心的年輕人，凡事配合，使我的編選工作進行順利；沒想到離開九歌後的陳逸華，進了「總書記二手書店」，可能是換了工作的關係，接觸更多書種，他原先就是一位喜愛蒐集舊書的人，關心書的版本和封面，此次針對爾雅叢書的八百張封面（其實不只八〇〇張，好幾種爾雅叢書，各有二、三種以上的不同封面），娓娓道來，陳逸華仿若代言人，將我對書籍封面的美學理念說了出來：「他希望的封面是清新的、典雅的、溫暖的、亮麗的和特殊的，他不喜歡『鶴立雞群』似的封面，『一眼驚魂』似的封面他也不要……要能細看耐看，不顯眼不打緊，只要是美的，最後一定會為人發現……」。

可惜書店裡多的是醜的封面，更奇怪的是，有些封面設計人，將書名和作者的名字用小得不能再小的字體，小到幾乎讓人以為，設計封面的人想和讀者玩躲迷藏遊戲，讓讀者找不到作者的名字。更擔心讀者知道書名。

而這些年出版社由於出不到能賣的書，對銷售能力完全喪失信心，於是只好用奇招怪招，聽任封面設計人無限上綱的耍玩手段，希望出現銷售奇蹟。這種自虐似的出版心理，看來已成顯學。

8 李令儀

「文學興旺」年代的美夢，是我回答臺大博士生李令儀的訪談筆錄，此文刊於拙作《清晨的人》（爾雅，二〇一五，七，二十），為《文訊》編者相中，又於三五七期刊登一次。

李令儀，曾任聯合報文教記者多年，由於熟悉出版生態，關心文學走向，手中文有一支靈秀之筆，一向為出版界看重。現為臺灣大學社會研究所博士候選人，對知識、理念、創意和訊息的生產與傳播深感興趣，博士論文以戰後臺灣出版產業的發展與轉型為主題。曾與徐立功合著《讓我們再愛一次：徐立功的電影世界》（天下文化出版）。

9 王鼎鈞

二〇一五年八月，美國世界日報出版了一本《40世界華人光輝》，鼎公的大名，正是「40榮譽榜上的一位」，而四十位世界華人，屬「文壇大家」的僅四人——譚恩美和哈金都以英語寫作，直攻西方文壇；以中文寫作入榜的鼎公和夏志清教授——後者能名列其中，靠的仍是用英文寫的《中國現代小說史》，完全以中文寫作入榜的，只有王鼎鈞。

鼎公寫的〈我與爾雅〉，在文中他說了一個小故事——想當年某先生手裡拿著某作家送他的一本書，像拿著一把扇子搖來搖去，對人說：「如果裡面沒有印上文字，那有多好！」他的意思是，白紙還可以做記事本、練習簿，印成書就變成廢物了。

就是這個小故事，讓鼎公立志，要使一本書的壽命能超過一個人……也因這個志願，鼎公完成了《開放的人生》，以及二〇〇五年後，次第完成的「王鼎鈞回憶錄四部曲」。

《開放的人生》已經出版了四十年，書繼續長銷，當初買書的人多半已經做了爸爸媽媽，相信這些看過《開放的人生》的父母，會把書傳給第二代，第二代把書看舊了，也會買一個新版本，再傳給第三代……鼎公當初看到我創辦出版社，想寫一本幫我賺錢的書，他做到了，他的《開放的人生》已經銷了四十六萬本，就是這本書，讓爾雅能夠在四十年後仍然存在，爾雅有幾本救命書，第一本就是《開放的人生》，接著來了白先勇的《臺北人》，然後是林海音的《城南舊事》，最後隔海又飛來一本余秋雨的《文化苦旅》。

爾雅出書無數，但寫了暢銷書，肯一直留在一個出版社的，只有王鼎鈞。除了《開放的人生》，鼎公還有許多別的暢銷書，譬如《左心房漩渦》，譬如《關山奪路》，多少出版人向他爭取書稿，鼎公還是把一本本新書給了爾雅，這樣的古風，仍能存留人間的已經不多。回過頭來，幫鼎公編了一本《王鼎鈞書話》，希望我能為鼎公做更多的事。宣揚王鼎鈞的作品，將是我一生的志業。

10 白先勇

先勇總是默默的在幫助我。心裡我全明白，要不是先勇，世間不可能有一家「爾雅出版社」。

少年時候就做著出版的夢，後來存了點錢，仙人掌出版社負責人林秉欽告訴我，他要再辦一家新的出版社，連名字都取好了，叫金字塔，還缺少一些資金，問我和黃海願否參加，黃海和我都點了頭，可錢（其實數目也少得可憐，區區一萬元，可那是我活到三十歲，郵局存摺裡僅有的存款，記得很清楚，那是民國五十六年）一交出去，從此再也沒有我和黃海的事了。金字塔辦公室在哪，有幾個人上班，準備出什麼書，林秉欽全不讓我們知道，我想退股，林說：「做生意嘛，那有又想把錢要回去的……」幸虧白先勇也是仙人掌的股東，他聽到我那筆錢背後藏著一個出版夢，他要林秉欽先把錢還我……

林秉欽將錢吐了出來，可若干年後我聽到原來是白先勇給了更多的錢，入了仙人掌賬本，後來仙人掌倒閉，白先勇的錢不見了，得到的只是仙人掌的一倉庫書和未出版的一些稿件。逼得白先勇只好請七弟白先敬一起出來辦晨鐘出版社，至少仙人掌的書有些換了晨鐘的封面，仙人掌的部分稿件也成了晨鐘的新書。

民國五十六年的一萬元，到了民國六十四年，我繼續存，繼續存，居然存到了十五萬元，再加上書評書目雜誌老闆簡靜惠和好友景翔的合夥，我們成立了爾雅出版社。

民國五十六年的那一萬元，就是爾雅最初的「芽」，沒有那「芽」，那會有今天爾雅的「根」。

如果沒有白先勇的義行，真的不會有今天的爾雅出版社，而爾雅能出到余秋雨的《文化苦旅》，也是白先勇之功。

當我的自傳體散文《漲潮日》要出版時，他主動撥電話給我說要為《漲潮日》寫序；爾雅二十周年，他又送來一篇〈冠禮〉。四十周年，先勇這次寫的賀文，題目〈悠悠忽忽四十年〉，先勇兄啊！我有了你這麼好的兄長，越發覺得自己是有福之人！

11 向明

詩人向明是我的忘年交。

他上校退役，我上尉退伍，可我沒大沒小，經常和他說話沒規沒矩。從認識他到現在，向明兄是我打電話最多的人，早也說，晚也說，也不知說些什麼，就是永遠有說不完的話。

我為向明出了不少書，也曾有過讓他失望的事發生。可我們電話繼續撥來撥去，這樣的兄長，說來真不容易。

快二十年了吧，向明、丁文智、碧果、朵思、魯蛟和我，我們六位寫詩的人，每個月輪流作東，總是在南京西路「天廚」聚餐，那是我們每個月最快樂的一天。天南地北的聊天，聊天的地點固定在「天廚」附近一家叫「這裡」的咖啡館。

五位不老詩人，輪流在報上有詩作發表，只有我，詩作少了，少得一年僅得一、二首，但我是他們五位不老詩人最忠心的讀者，向明更是靈思泉湧，透過傳真機，經常傳來新詩一首，真是老當益壯，令我羨慕。

12 李進文

在李進文寫爾雅的文章裡，有兩句話讓我看到了自己。

「他總是不吝於讚美，亦不憚於批判。」

啊！這就是我，一個真正的隱地，感謝老天，原來我的熱情仍在。我仍是七十歲──對不起，你就要八十歲了──少年，希望春天仍在，永遠是「春天窗前七十歲的少年」。

不過這也確實表示我把進文當好朋友，把進文當成一個可以講心裡話的好朋友。通常我話不多，沉默的時候居多，當我這個也說那個也說，代表我的放心，真正讓我放心的朋友並不多。首先要讓我覺得投緣，朋友投緣更難，進文讓真性情的我顯形，進文也是一個敏銳聰慧的人，許多詩我讀不懂，問進文，他總能為我解析，且說得頭頭是道。

不過進文現在成了我的同行，出版的困境讓他苦惱。我習慣了出版的無路可走，他卻似乎被困住了。他瘦了，進文啊，要學學老哥哥的寬心，凡事不去想，也就沒事了。（這話充滿語病。進文上有老闆，他怎能「凡事不去想」？而自己雖是當家的，當家的煩惱多不多，自己心裡明白）。

13 季季

在季季眼裡，我是個大夢想家。

啊！答案有了，為何當初一無所有的我，現在會有一個爾雅出版社，原來我曾是個大夢想家。

是的，我想，正因年輕時候有夢想，才能成為今天的我，以及因我而有的「爾雅」。

一個有夢想的人，會讓因自己夢想的實現，連帶著，也能讓更多人作夢。爾雅以及所有優質的文學出版社，就是所有年輕作者可以做夢的舞臺。當年，像中央日報關閉了，中央副刊也就沒了，許多曾經在「中副」上寫稿的人，心都碎了。心碎的人應站起來，讓自己有新的夢想——夢想自己創造了一座副刊園地，讓愛寫作的人可以有機會發表作品，而且要發誓，無論誰的作品一旦發表，就要付予最高稿酬，當有一天，所有收到高稿費的作家都笑了，你的夢想中竟然包含著「別人夢想實現的快樂」。這是多麼至高境界的大夢想家啊！

季季，是早慧的作家，一九六三年自虎尾女中畢業，放棄大專聯考，單獨一人北上，自一九六四年起就專職寫作，二十二歲，已展露頭角在皇冠出版社出版《屬於十七歲的》，曾經是六〇年代最引人注目的一本短篇小說集。五十年前的季季，傳奇性的寫作故事，曾是所有文學青年的一個夢。隔了五十年，季季於今（二〇一五）年七月，將九年前（二〇〇六）出版的《行走的樹》，又多加了六萬字，增訂重出新版本。

在情感與婚姻路上，季季是受過傷害的人。他的前夫楊蔚，年輕時候曾是我的偶像，他的短篇小說集《跪向升起的月亮》以及報導文學《這一代的旋律》和《為現代畫搖旗的》，都是六〇年代愛好文藝青年必讀之書。楊蔚和季季結婚度蜜月，他們在永和竹林路的家是我替他們守顧的，我怎麼會想到後來離奇的轉變。在《行走的樹》中，楊蔚是一個人格分裂者，他對待季季和他的老丈人，讓人覺得不近人情到匪夷所思。《行走的樹》裡有太多屬於文壇的驚嘆號，季季早年的朋友多數我熟悉，但《行走的樹》裡還是有許許多多我完全不知且深感意外的情節。

還好，在《屬於十七歲的》和《行走的樹》中間的五十年，季季出版了將近二十種長短篇小說和散文集，在爾雅也出版過《夜歌》和《攝氏二十五度》，為爾雅編過四本「年度小說選」，也為其他出版社編過不少年度小說和散文選，還為爾雅編過一冊以夢為主題的《說夢》散文選。在這本書裡，兩篇序文，一為〈夏宇致季季〉，一為〈季季致夏宇〉，後者說明了，季季為何會編一本和夢有關的書，原來她讀了夏宇的一篇〈溫和的夢想家〉引發她也做了一個溫和的夢——在夢裡，季季的身分是「集夢者」。於是她開始寫信和打電話，在友誼和書籍中四處去「尋夢」。結果編成一本夢話連篇的散文選——《說夢》，一九八二年二月由爾雅出版。

怪的是，季季忘了向我這個「大夢想家」約稿，人可就一直在她眼前啊！

14 邵僩

人在走，時間在飛。

前面寫季季時，還在談年輕時候的夢，怎麼才轉個身，我們這些曾經有夢的人都老了？

邵僩客氣，他寫了一篇〈奇怪隱地一直不老〉送給我。

我們是六〇年代的朋友，文星書店「文星叢書」，為一群年輕人出書，邵僩的《小齒輪》、張曉風《地毯的那一端》、康芸薇《這麼好的星期天》、劉靜娟《載走和載不走的》以及我的《一千個世界》，啊！那時我們才真年輕，文星書店在玻璃櫥窗裡為我們九個人的新書作廣告，形容我們——一派耀眼的新綠，那是民國五十五年——一九六六，慈濟功德會剛在花蓮創立，加工出口區成立於高雄；臺北市這一年尚未升格為直轄市。中共發動文化大革命，而邵僩兄，那是你最好的年代，你在一九六七年榮獲國軍新文藝中篇小說金像獎，並應聘擔任香港國泰電影公司特約編劇，在商務印書館出版《櫻夢》，在臺灣書店出版《在陽光下》，接著又獲選為臺灣省特殊優良教師，再隔一年，更連著出版三本書《螞蟻上床》（仙人掌）、《兄弟們》（正中）和《汲泉》（幼獅），同時還在《自由青年雜誌》上寫專欄，後來結集在晚蟬書店出版《白癡的天才》。

此外你還幸運地進入國立編譯館成為國小國語科編輯委員，和何容、林海音、林良、吳宏一等名家平起平坐，一同負責國語課本教材編選工作。

最近看到你也在《文訊》「銀光副刊」開始寫起詩來，寫詩代表童心尚在，你曾在一本書裡寫著：我不停的唱，於是我變成了一首歌。

人在走，時間在飛。

邵僩，我們永遠跟不上時間的腳步，時間把我們的夢偷走了，可如果我們變成一首歌，時間或許也會停下腳步，想聽聽我們到底在唱些什麼？

15 亮軒

要是有一天全世界都沒有純粹的文學出版社了，卻一定還有一家，就是爾雅。爾雅那間擠滿了書的小小一人編輯室，揮灑出了一個高大廣闊的文學山水。風煙皓皓，碧水依依，讓我們與文學常在，我不會忘記。

——亮軒

亮軒為慶賀爾雅四十周年，特寫了一篇〈俠隱記〉，錄在前面的那幾句話，是他文章最末尾的一段，我讀完後又讀一遍又讀一遍，亮軒是到過爾雅次數最多的作家之一，他一直在幫我推銷鼎公的「王鼎鈞回憶錄四部曲」，還有鼎公的《黑暗聖經》以及鼎公赴美後的日記《度有涯日記》。

沒有一位作家會那麼熱情的推薦別的作家的書。與其說，亮軒幫忙鼎公，其實是幫忙爾雅，幫忙爾雅，說穿了，是在幫忙我。

他希望我的爾雅一直存在。鼎公的書就可以一版版賣下去。

他自己的書，像《壞孩子》、《電影邊緣筆記》，給了我幾本，他手邊的稿件想再整理幾本，一定毫無問題，但我沒開口，他也不會往爾雅塞。老朋友就是這樣，他絕不為難我，他看出了我的窘態，他只默默幫爾雅儘可能的多賣幾本書。

亮軒是才子，一個讀書人會的，他全會。雖不寫詩，但讀了好詩，一定告訴我，他是詩人們共同的好朋友。誰寫了好詩，他會用毛筆字寫在精美的紙版上，轉送給詩人，詩人內心多麼溫暖。

現代書生亮軒，不但會燒一手好菜，還自己種菜。過年過節，偶爾一通電話，我會意外吃到由他自己種出來的菜。當然，他一定會預先買好魚買好肉，還有酒。座上客，有時向明，有時鄭愁予，可惜詩人易醉，有一次，亮軒就曾深夜裡辛苦的送愁予回到他的住處。

16柯慶明

柯慶明和我，兩個姓柯的人，很早就來來往往，早到姚一葦、葉慶炳教授合編「文學論評」的年代。那是民國六十四、五年，我在洪建全文教基金會，除了每期主編《書評書目雜誌》，後來也登記了「書評書目出版社」，每年要編出叢書若干，亮軒：《一個讀書的故事》、姚一葦《文學論集》、殷允芃《新起的一代》，張系國《讓未來等一等吧》，楊月蓀譯的《冷血》，王永慶口述的《談經營管理》以及林惺嶽《神祕的探索》，都是那一個階段的出版品。我後來向老闆建議，書評書目出版社應該走出一條有自己屬性、特色的路——專門出版東方或西方有關的文學評論方面的書。於是我展開與侯健、葉慶炳、姚一葦、楊牧、葉維廉、高友工等教授組成的「文學評論編輯委員會」合作，每年出版「文學評論」專書，前後出版了近十集，而當時擔任執行編輯的就是柯慶明教授。（記憶中，書評書目出版社僅印了四、五集，其餘五、六集，好像是由其他出版機構印行。）

柯慶明自己的書，爾雅也出了好幾種，計有《省思札記》、《昔往的輝光》、《2009／柯慶明》，他也幫爾雅編了一套《爾雅散文選》，分一、二兩冊，柯慶明教授也常將爾雅叢書介紹給臺大同學，特別是齊邦媛教授編的《現代中國文學選集》。

柯慶明還有一本由麥田出版的重要論述《中國文學的美感》，全書近五百頁，綜論中國詩詞、散文、戲曲、小說等所呈現的美感特質，王德威譽為「本書堪稱中國美學研究又一重要里程碑」。

17 洛夫

詩人洛夫說他個性狷介：「我把自己封閉於詩的想像世界中而成了一座孤島。」這樣的一座孤島，肯在爾雅四十周年特輯中寫了一篇〈隱地的文學苦旅〉，說了不少讚美我的話，也道出了一些我在出版路途上可能遭遇的苦楚，真的是把鼓勵和安慰都送給了我。

出版人求的也就是這分作家的了然於心，就怕有的作家冷言冷語，書好賣了皆大歡喜，不好賣，作家和出版社雙方都少說幾句，不要互相責怪，此時沉默是金。

書賣不好，雙方仍然作好朋友，代表作家和出版人雙方境界都高。

賺不到錢，賺到一個值得尊敬的好朋友，仍然是一種快樂的收穫。

想想，世上有幾個詩魔？能為詩魔出書，當然是一種榮耀。

在我年輕的歲月裡曾留下一份深刻的記憶和一個難得畫面——

那時洛夫的名字已經響噹噹。一部由新聞局邀請的作家專車正開往南部旅途，車上的人或談笑或閉目養神，只有一個人從上車到下車，一直在看書，他就是詩人洛夫。

那時我還和他不熟，沒有過去和他打招呼，他似乎也不太搭理別人。一個讀書的詩人。這就是我早年對詩人洛夫留下的深刻印象。

為何會有詩魔的外號，在我心裡老早已有答案。

18 虹影

寫到虹影，十三年前的五月十日，我想起在我的日記《2002／隱地》一書，曾寫過一則〈虹影日〉，翻出來重讀，覺得有趣。

今天是虹影日。中午，中副林黛嫚在金華街布查花園為虹影接風，請焦桐、方梓和我作陪，《中央日報》社長邵玉銘聽到虹影訪臺，也趕來會虹影，他說這一代中國人，是漂泊的一代，他想就這個題目訪問虹影，他們約好明天上午十時見面。

虹影一襲繡花旗袍，婀娜多姿，比起六年前應《中央日報》舉辦「百年來中國文學學術會議」第一次來臺時豐潤，看起來精神，也顯得年輕。此次，她應《聯合文學》邀請，回來為剛出版的長篇小說《阿難》宣傳，和黃寶蓮的《仰天45°角》一同舉行新書發表會。她的行程排得滿滿的，給我的時間是，晚上在一起吃個飯，然後到我家坐坐，蘇偉貞、朱天文和朱天心等著我和她的約會結束之後，她們還要請她消夜。

下午五時半，趕到她住的六福客棧，商量後決定先到我內湖家裡和貴真會合，聊到七時，請她到福華廣場山櫻廳吃日本料理。

虹影能有今天，真是奇蹟，一個四川小女子，從小餓著長大，我幾乎可以看到她十歲前後瘦骨嶙峋的可憐相，她自己的成長故事，已經寫入《飢餓的女兒》，那是確確實實的自傳，並非小說，只是這本自傳，是一個寫小說的作家寫的，讀者讀的時候總認為那樣悽慘的情節怎麼可能會在真實的世界裡發生，一定是寫小說的人想像出來的，所以自然把它當小說來讀。

而虹影一向相信：「真實的生活比故事還精彩！」

虹影的小說，如今幾乎全世界的人都在讀，她的《背叛之夏》有荷蘭、挪威、英國、美國、日本、德國、瑞典、丹麥、葡萄牙等版本，《飢餓的女兒》譯本更多，連義大利、澳大利亞、芬蘭（一九九八年，筆者在赫爾辛基逛書店時就看到虹影的書展示在平臺上）等國，都譯了出來，是少數和《紅樓》、《西遊》、《三國》、《封神》等中國古典小說一起放在西方書店的中國作家，真是殊榮，真是難得！

不過這份榮譽也還靠虹影自己的努力，孫康宜的《遊學集》裡有一篇和虹影的對談：〈虹影在山上〉，其中一段回答孫康宜的問題，虹影是這麼答的：「……我也說不出有什麼寫作祕訣。應當說，我是一個完美主義者，我有一種『改癖』，我的每部作品都是一改再改，不斷改寫，一直到滿意為止……。我認為自己二十四小時都在寫作，因為我是用『心』寫作……

「另一方面我也特別用功，我一切都是自學的。例如，我小時候對高爾基和巴爾扎克的作品及其人其事分外著迷，就曾經把高爾基的精彩句子一一抄在筆記本上，甚至把整部《巴爾扎克傳》全抄了下來……」

我一向佩服肯修改自己作品的作家，像虹影這樣努力的作家，終於揚名世界，是她個人的榮譽，當然也是中國人的驕傲，然而嫉妒尾隨名利之後，人一出名，總會引來紛紛擾擾，如今虹影官司纏身，好在，苦難磨練了她，想要把她打倒，至少她還有一個屬於自己的寫作世界。

聊得正盡興，可是想到偉貞、天文和天心，正在溫州街的 Line 68 PUB 等她，我叫了計程車，準時於約定時間晚九點三十分，把她交到蘇偉貞手裡。

19 席慕蓉

席慕蓉是我生命中一個特別的朋友。在還不認識她的時候，卻在一次救國團辦的集體集合會場就聽到不停地有人叫她的名字。以後聽沈臨彬也常提起她，這些都是高中時候的事了，應該已有半個世紀。至於真正見到面，要遲至她從比利時布魯塞爾皇家藝術學院畢業後多年，一九八一年在國立歷史博物館國家畫廊舉行個展，展出「鏡子連作」及三百號之「荷」，我在會展上和她相識，自此至今，我們的友情已有三十四年之久。

不久，就成為她的出版人，最先為她出版的兩本書是《成長的痕跡》和《畫出心中的彩虹》。

以後陸續為她出版《寫給幸福》、《時光九篇》、《黃羊・玫瑰・飛魚》、《邊緣光影》和《席慕蓉／2009》以及《席慕蓉世紀詩選》，還有一本早期她和張曉風、愛亞的合集《三弦》，說來，浩浩蕩蕩，當然是爾雅極為重要的作家。

但某次我們為了一通不愉快的電話，她收回合約到期的兩種詩集版權，我也就連帶將未到期的散文版權也還給了她，只留下《席慕蓉世紀詩選》和《2009／席慕蓉》兩本書在爾雅。

還好，我們的友情還在。鬧過情緒後繼續維持友情，格外難得。

這些年她繼續借耳朵給我，除了對我的作品關心，我們也互相交換讀書心得。啊！我感謝她的寬容，寬容一位曾掛她電話的出版人。然後，恢復成為當初的朋友。

這樣生命中特殊的朋友，我珍惜。

二〇一五年十月十二日，明道大學特為席慕蓉舉辦學術研討會，並由萬卷樓出版《草原的迴聲——席慕蓉詩學論集》，由蕭蕭、羅文玲、陳靜容主編，就在此時，爾雅的《席慕蓉．世紀詩選》正要進行十六印，問她可要書後新增資料，未久得她短箋一封，信中提到我的〈四點鐘的陽光〉，就一併以附錄的方式，都放進這本將要付梓的新書中吧！

隱地：

四點鐘的陽光已經過去了，慶幸它曾經來過，慶幸半夜十一點了還可以跑出去影印這些資料給你。

更慶幸，還能夠再寫一些詩。

珍惜此刻，更珍惜這麼多年彼此的互相鼓勵。

深深的感謝和祝福。

慕蓉

2015、11、1

附錄

四點鐘的陽光

月光下的探戈　節奏還是記得的
夢的尾巴掃回來
我們仍然年輕？
跳支舞吧
現在正是收穫季

昂揚的藤蔓
四處佔領
夢　曾屬於我
日正當中

激烈的夏天
早已在下午四時悄悄地溜走
生命的列車繼續往前開
窗外的白霜怎麼爬上了我的眉毛？

選自隱地《十年詩選》

「春光無限好，只是近黃昏」隱地總是在下午四點鐘時，會有一種憂慮感。一天，怎麼這麼快要過去了；一生，彷彿還未年輕，一個個老人就朝我們悄悄走來……跳支舞吧，把坎坷的人生舞成抑揚的音樂，讓我們做一個時光中的舞者吧！

20 康芸薇

一寫下康芸薇的名字，就會想起姚宜瑛、王令嫻和劉靜娟的名字。

特別是二〇一〇年辭世的令嫻姐，她離開我們已經五年了，而文壇大姊大姚宜瑛去年（二〇一四）年過世，我們經常聚會的小圈子也就因而瓦解。

想起我們五個人的緣分盤根交錯。時間要拉回到一九六三年，文星書店歡迎小說家於梨華回國，為她辦了一個歡迎會。在那場座談會上，忘了是誰提起了張愛玲的名字，於是一面倒的全在說她的好，當時的我年輕無名，只是一個文藝青年，卻站起來不知天高地厚的亂發議論，為於梨華的新書聲援，引起在座的姚大姐注目，她後來找到我的電話，不久我們就成為忘年之交，除了不時電話說來說去，還騎了腳踏車到她種滿花樹安東街的家聊天；接著，因文星書店蕭孟能要我為他尋覓年輕的作家，我在《徵信新聞》（即今中國時報）人間副刊上讀到康芸薇的〈這樣好的星期天〉，打聽到她在木柵的地址，主動寫信給她。

劉靜娟是當年丘秀芷的好友，而且常在《自由青年》寫稿，大家都是文友，這一夥人，等到我辦了爾雅，姚大姐辦了大地，之後你來我往更有說不完的話，而王令嫻〈單車上的時光〉，也是我極力讚美的短篇，六〇年代的寫作者，一旦誰寫了一篇好文章，大家口耳相傳，奔走相告，很快彼此惺惺相惜，由興趣相投，而一個個全連在一起，成為無話不談的好朋友。

康芸薇像一條彎彎曲曲的長溪。沿著溪路走，兩岸風光無限。溪裡有小魚、蝌蚪，溪邊有小草、野花，還有微風輕輕吹。當康芸薇拉起記憶的帷幕，你就聽她慢慢唱吧，她會把細微末節的微風往事，全像唱小調似的哼了出來。啊！怎麼會有人，像柔絲飄啊飄的，就把一個故事說完了。

康芸薇看似柔弱，在柔弱的背後卻有一股強大的力量，你以為許多事她不經意，其實她全記住了。有一天她細細告訴你，你才悚然而驚，原來許多事，忘記的是我們，而不是她。就是這樣的人，這樣像彎曲小溪流的人才適合當作家。

作家就是要細節。腦中只有概念的人，怎麼可能會是一個好的小說家。

21 張曉風

曉風比我年輕好幾歲，但成名比我早。

我投稿給中副常遭退稿的時候，她已經是中副的當家花旦，一篇篇的散文刊出，除了愛看臥龍生武俠的讀者，六〇年代愛閱讀的人，全在讀曉風的散文。等到有幸和她一起在文星書店出書，我們九個人的書，就數她《地毯的那一端》最好銷，我猜我們另外八個人銷的書加起來，總量仍抵不過她的，六〇年代，是張曉風崛起的年代，真的是旭日東昇。

曉風後來改走多元路線。她一會兒搞戲劇，什麼《第五牆》，什麼《武陵人》以及《嚴子與妻》，後來又想了個奇怪的筆名，什麼桑科、什麼可叵，專寫一連串雜文，諷刺辛辣，完全和小女子背道而馳，可有時又編《親親》、《蜜蜜》、《有情天地》、《有情人》這類溫和且充滿親和力的文章，甚而更關注環保，還為鳥請命，編了一本《第一篇詩》。她又發現我們活著的社會問題真多，乾脆為《婦女雜誌》的張任飛社長編了一本《問題小說》。這還不夠，好文章越讀越多，她後來又編了一本《錦繡天地好文章》。

至於有人要出《現代文學大系》之類的大部頭書，無論六〇年代巨人出版社編纂或八〇年代由九歌出版社策劃，張曉風當然均未缺席，她成為必然的主選人之一。二〇〇二年，九歌再度編《現代文學大系》，曉風三度出馬，成為三朝元老。

短短千把字，怎麼寫得完曉風的經歷，她是文壇奇女子，後來到了香港，有了「香港時期」的種種作為，之後再回臺北，又成了親民黨的立法委員，雖任期不長，但也轟轟烈烈。

此外泰北難民營，曉風和夫婿林治平也曾留下許多腳印。

曉風曾於一九九九年為我的《幻想的男子》新版本寫序。她說我是個「築夢人」，她算算我編過的雜誌和書，加起來有六億個方塊字從我的編輯臺上流過，「其中每一字每一句都是我自我救贖，都是慘綠少年的可攀之岩，可登之岸。」

比起曉風，我只是一位在鉛字或電腦字體中攀岩攀岸之人，而曉風忽而學府忽而在野，忽而敘情忽而潑辣，忽而泰北忽而大陸，她有點像孫悟空七十二變，在進行一件事的同時，亦常「順便」完成了另一意想不到的成果。所以曉風說：「我喜，我悲，我貪戀，我捨棄……都因為我在。」

22 梅遜

梅遜是領我進出版業的第一人。他是《自由青年》雜誌的主編，我向他投稿，不久他還幫我開專欄，讓我在《自由青年》上慢慢談我看過的小說。

後來結集出版《隱地看小說》，那是民國五十六年之事。

就是透過《自由青年》的專欄，文星書店的老闆蕭孟能才知道有一個叫隱地的人——瞭解文壇現況，也知道有才氣的寫作者在哪裡。

蕭孟能想出一批國內文壇新銳的作品，他手上只握著葉珊和劉靜娟兩個名字。他要我再提供包括我自己在內的八個名字給他。過目後他對我提出的名單照單全收，僅刪掉一個後來成為雲門巨人的林懷民。因為當年懷民還是一位中學生。蕭先生說：「我們出版的小說和散文集，讀者對象是大學生，不能讓中學生寫的作品，卻拿去給大學生讀」。

梅遜先生除了編《自由青年》，他還登記了一家「大江出版社」，他把出版社的招牌借給我——籍著「大江」招牌，我開始出版彭歌等著的《三島由紀夫之死》以及蘇玄玄（後來她又改筆名曹又方）的短篇小說集《愛的變貌》。

兩本我實驗時期出版的書一賺一賠，剛好扯平。有了實際出版經營，我又開始去投資另一家叫金字塔的出版社。這一回差點血本無歸，幸虧白先勇拉了我一把。

當我編的《五十七年短篇小說選》無法延續下去時，也是去向梅遜求救。他又將大江的招牌借給我，知道我無錢，主動說要和我合作，主要是借錢給我，讓我拿他的錢不臉紅。

梅遜先生從寫散文《故鄉與童年》，到編《散文欣賞》（兩冊）《作家群像》，而他最主要的工作，總是幫忙朋友，找不到出版社的作家，他的「大江」無條件讓想出書的人，可以順利把書印出來，接著他又請世界文物供應社的鄭少春，幫忙將這些書送到各個書店銷售。讓作家可以在書店看到自己的書，而不是堆放在倉庫裡。

梅遜天天讀稿看書，眼睛大損，以致於後來失明。但失明並未使他喪志，他繼續寫作，長篇小說《串場河傳》、《野葡萄記》以及《新為我主義》、《孔子這樣說》、《老子這樣說》、《梅遜說文學》，一本接一本，二十年如一日，在黑暗中摸索，然後把光傳給我們。

如今梅遜高齡九十，他仍在黑暗中寫作，為迷途的人點燈。

23 郭強生

郭強生剛出版一冊書名《何不認真來悲傷》（天下文化）的新書，這本書出版之前，每周一在《中國時報》人間副刊「三少四壯」專欄刊出。我幾乎每篇必讀，但讀到後來有點不太相信世上會有這麼勇敢的人，將自己的愛慾悲傷全剖露在讀者眼前。

傷害我們最深的，往往是自己的家人。郭強生的新書，寫的就是一個家庭的悲劇，應該掩蓋的，郭強生卻寧願攤開來講，而更離奇的，比小說更小說的是，寫到後來，情同仇敵的兄弟倆，哥哥突然傳來死訊，隨著母親的過世，這個讓人感覺不到溫暖的家庭，如今只剩下郭強生陪著年老失智的父親。過著一種不知如何面對，卻必須面對的生活。

任何人遇到像郭強生這樣的狀況，可能前面的路完全不知要如何走下去，而郭強生卻能淡然的說：「人生本就苦多於樂，我撐了大半生，寫下來也算減輕自己的一些負擔吧？」

我想起了自己的《漲潮日》。當時也是在寫出來後才突然覺得，所有書裡寫的，都把它當作別人的事，唯有那樣，才能活得不再沉重。

但願書寫能讓郭強生，在「和現實搏擊」之後，「與過往和解」。並迎來一個像他自己另一本書的書名——《書生》中，新的和諧人生。

也有人完全從另一種觀點看待，譬如紀大偉，他在一篇書評中說：這本並不是要分享「療癒成功」的祕訣，而是要暴露「療癒失敗」的真相。（見二〇〇四年十月二十四日中國時報開卷版）

24 陳義芝

義芝是我的知音，起碼是我詩的知音。

一九九三年八月我寫了平生第一首詩——〈法式裸睡〉——寄給《中國時報》人間副刊的楊澤，居然登了出來。發表是最好的催稿信，我很快又寫了三首詩，寄給當時還在《聯合報》副刊的陳義芝，他退還我一首〈胖〉，留用《眼睛坐火車》和〈髮〉。義芝還特別寫了一封信給我，他說：「你的詩別有情味，不要弄文字遊戲，也不落入一種固定表現的套式中，質樸自在。看去淡淡地，沒什麼警句，實則不易為……歡迎從小說家的國度跨向詩人國。」

義芝信末的這句話大大鼓勵了我，我就從此寫詩一寫十七年，先後出版五、六種詩集，第一本詩集《法式裸睡》和最後一本詩集《風雲舞山》均向義芝討序，他都未拒絕，留下兩篇他的大序，是我此生寫詩最美好的回憶。

正如義芝說的，我們現實生活並不常聚首，總是各忙各的，然而閱讀對方的詩文從未間斷。而打開我自己的書，隨處見到義芝的名字。譬如二〇〇〇年出版《漲潮日》書後有一篇《文學追夢五十年》，由聯合報和各大專院校聯合舉辦「作家到學校巡迴演講」，那年四月十四日，我被分派到臺南「成功大學」作了一次演講，當時兩位主持人除了成大陳昌明教授，就是詩人陳義芝，原來他還專程從臺北陪我到臺南。

義芝先後在爾雅出過四種書，我又請他為爾雅編過詩和散文選各一種，他的《歌聲越過山丘》是一冊耐讀的散文集，也是臺北文壇的美麗縮影。

25 喻麗清

琦君，喻麗清，歐陽子，是我創辦爾雅早期，三位通信最密的朋友，那也是我的美國時期。一九八五年獨自赴美旅遊兩周，在舊金山，就住在孟湘和麗清夫婦家。喻麗清還為我在家開了個PARTY，介紹我認識紀弦、袁則難等眾多文友。第二次和貴真赴美旅遊，仍住在麗清家，一九八七年第三次到美國，還是住在麗清家，這回孟湘和麗清覺得舊金山該去的地方，差不多都帶我去過了，「旅遊，只旅人人之所遊是多麼俗氣。」他們賢伉儷終於選了一個不一樣的地方，帶我到格南艾倫小鎮的傑克倫敦牧場，也讓我參觀了「傑克倫敦書店」，還見到了傑克倫敦的女兒貝絲，大夥兒還在一起拍了合照。

為喻麗清出過多本散文集——《春天的意思》、《流浪的歲月》、《闌干拍遍》、《無情不似多情苦》、《蝴蝶樹》，也為喻麗清出過一本詩集《未來的花園》，喻麗清主動為爾雅編了一本《情詩一百》，最特別的，一九七八年喻麗清曾為爾雅編了一本《兒歌百首》，封面上的小朋友，是我家老三。現在已經快進入中年了。

26 黃克全

黃克全在他的《一天清醒的心》（爾雅・一九九〇）中有這樣一句話：

藝術創作具有某種奇異難解的二重性。

一方面，是從渾沌的黑暗中掙向光明；另一方面，又從光明中掙向黑暗。

能寫出這樣一段話的，絕非泛泛之輩。

黃克全從來不是泛泛之輩。

他是評論者、小說家和詩人。

他的〈顏元叔《五十回首》及其他〉，選入陳幸蕙編的《七十四年文學批評選》。

他以平川為筆名寫的詩多次選入「年度詩選」。他的小說和散文也不停地被選入各種選集。

黃克全寫了兩百首詩，給那些遭時代及命運嘲弄的老兵，書名《兩百個玩笑》。

詩人洛夫為他寫序：「……震驚之極，沉痛之極，這可不是玩笑……以冷雋動人的意象編織了一部時代的悲劇，一部向命運嗆聲的史詩」。

我要以特殊的方式介紹黃克全為詩人梅新和鴻鴻選進《八十二年詩選》裡的一首詩，並附梅新先生的評語，一方面為了凸顯黃克全詩作的不同凡響，另一方面，也是想以另一種方式紀念詩人梅新，他也是爾雅的作者。他在爾雅出版過《梅新詩選》。

附錄

猛虎

黃克全

假如他看到女人的腳就想啃掉
假如他能夠使你們了解這不完全是他的過錯
假如他能夠剖開自己的身體如同
打開大門打開欄柵讓你們看個明白
是那頭野獸盤據在他這裏的，不是
虛幻的一頭野獸

有爪有掌，足夠讓人渾身
發狂的一頭老虎

請用石頭砸他，連帶的
也把他身體內的那頭猛虎砸死
請砸死他之前丟給他一朵小小的茶色的花

——原刊《八十二年詩選》

梅新賞詩

這首詩，毫無疑問，是一首對異性充滿慾望的詩。獸也好，猛虎也好，都是盤據在他內心深處的「慾望」。第二句「假如他能使你們了解這不完全是他的過錯」，接下來他似乎是說，如果他剖開身體，當你們看見他體內蹲著一隻獸、一隻發狂的老虎的時候，你們就會諒解他，他看見「女人的腳就想啃掉」它，實在不是他的錯，而是「慾望」（獸）在作祟，絕不是他的「理智」所情願的。所以第二段他盼望有人協助他、幫助他壓抑那種幾近獸性的「慾望」，最好「用石頭砸死它」，而末句砸死它之前，還希望丟給他一朵小花，這句詩十分強烈，充分展現對人性的寬容。

27 愛亞

愛亞寫作起步甚晚，卻成名甚早，這話聽來矛盾，真實的情況確實如此。

出第一本書《我也寂寞》，愛亞已經三十八歲，她的書稿從編輯到成書，中間長達四年六個月的時間，可見愛亞最初的寫作起步之路並不順暢。

次年，出版短篇小說集《擔一肩愛情》。

這是「皇冠時期」的愛亞。

愛亞在爾雅出版《喜歡》時，已近四十歲，可能時來運轉，《喜歡》一出版立即受人注目，並榮獲新聞局年度金鼎獎「優良出版品」，一九八四（民國七十三）年底出版，到一九九六年，十多年間，就暢銷十六版，印數近三萬冊。

而接著出版的長篇小說《曾經》，更勢如破竹，暢銷且長銷，二十年中，印了四十四版，且由公視改編為八點檔連續劇，榮獲民國八十九年電視金鐘獎戲劇節目連續劇獎，並在博客來網路書店連載。

長篇之後的「愛亞極短篇」一、二兩集，更讓她聲名遠噪，之後的「年輕三書」

——《給年輕的你》、《給成長的你》和《有時星星亮》，像一陣風，吹進愛讀書年輕人的書房，這時，也不過是愛亞進入「爾雅時期」的第一個十年，但愛亞的名字已經家喻戶曉。

最近十年，愛亞寫作領域擴大至自然生態及環境保護，她為年少時候住過的「湖口」，寫了《湖口相片簿》，在二魚出版《味蕾唱歌》，而二〇一四年出版的《安靜的煙火——我的臺灣花・樹》，更是一本「近距離凝視我鄉、深情的城市生態書寫」，由「群星文化」印行。

透過這本新方向新風格的作品，愛亞希望「會有更多人能看見臺灣的美，珍惜我們的家園」。

28 齊邦媛

二〇一五年十一月十三日的中國時報上有一則齊老師獲頒一等景星勳章最新的好消息。

一九二四年元宵節生於遼寧省鐵嶺縣的齊邦媛教授，人們口中尊敬的齊先生和齊老師，一生服務教育界。杏壇的齊教授，後來步上文壇。晚年且因一本《巨流河》大紅大紫，想來在一般人意料之外，齊老師自己心裡，說不定也有些意外吧！

多少人在文壇奮鬥一輩子，甚至出版了十幾二十種書，卻從未享受到成功的滋味。而晚年才從杏壇轉向文壇的齊老師，全部只有四種著作，卻名滿天下，書紅，人更紅。

齊老師的第一本書《千年之淚》，一九九〇年由爾雅出版時，她已高壽六十有六，算是高齡產婦。隔了八年，居然又出版了探討台灣文壇五十年來的文學作品——《霧漸漸散的時候》（一九九八，九歌），以上兩書均為文學評論，是齊老師教書之餘的副產品。倒也順理成章。又隔六年，二〇〇四年，齊老師自臺大退休，正式告別杏壇，此時齊老師交出一本散文集《一生中的一天》，理性之外也充滿感性，把愛琦君愛林海音的散文讀者全延攬了過去，再隔五年——二〇〇九年七月齊老師由天下遠見出版她的散文體自傳《巨流河》，三十萬字六〇〇頁厚的鉅作，真的是擲地有聲，出版後成為二〇〇九年最引人注目的書，讓靜寂的出版界有了活力，延燒至今，將近六個年頭，仍然常聽聞有關《巨流河》的種種傳說，甚至，連建設公司都推出以「巨流河」為名的建築大樓，想要分一杯羹。

由於讀者反應熱烈，齊老師從四面八方接到書信和電話，彷彿「千川注入江河，洄瀾激盪」。二〇一四年，齊老師又將這些迴響編成一本書，書名《洄瀾——相逢巨流河》包括訪談和各界來函，齊老師說：「這是一本大家合寫的書……我曾躊躇多年，這些文章拿在手中既溫暖又沉重，不知是否應與大家分享歲月催迫，終於決定將它做為一本紀念冊問世。」

這年，齊老師已高壽九十。

爾雅今（二〇一五）年剛為齊老師的《千年之淚》出版增補大字新版本，齊老師正在續寫新作，準備出版新大字版《一生中的一天》，親愛的爾雅讀者，二〇一六年，就是明年，我們會讀到增加了新作品的《一生中的一天》，接著還會出版《霧漸漸散的時候》，都是大字版，對眼力漸弱的老讀者，誠是一項福音。

29 歐陽子

和歐陽子結緣，應始於一九七五年二月我還在編《書評書目》的年代，《王謝堂前的燕子》——《台北人的研析與索隱》第一篇〈《永遠的尹雪豔》之語言與語調〉，就刊於二十二期《書評書目》，我在該期〈編後〉還寫了這樣一句：「歐陽子女士的小說分析極有見地，她將一系列的為我們撰寫這一方面的文字。」

後來《書評書目》上的專欄結集，適逢爾雅出版社創立，向歐陽子索稿，她欣然將《王謝堂前的燕子》交給爾雅出版。

之後，三十年間，先後為歐陽子出版散文集《移植的櫻花》、短篇小說集《秋葉》和評論《跋涉山水歷史間》（賞讀《文化苦旅》）。

歐陽子，一九三九年四月生於日本廣島，原籍台灣草屯，本名洪智惠，十三歲開始在報刊雜誌發表短篇散文，後入台大外文系，與白先勇、王文興、陳若曦等人創辦《現代文學》雜誌，開始在該刊發表短篇小說，一九六七年，短篇小說集《那長頭髮的女孩》由文星書店印行。

一九七七年，編輯完成《現代文學小說選集》第一、二冊，由爾雅出版社印行。

一九七二年譯成的西蒙·波娃《第二性》之「形成期」，先由晨鐘出版社印行，後改由志文出版社於一九九二年出版。

歐陽子雖因長年眼疾之苦，但仍不斷創作，前些年，一部長篇小說幾乎就要完成，但要好心切的她，卻因不滿意自己的作品而予以銷毀。

八百種爾雅叢書中留著的光

爾雅四十年裡出版的八百種書，有些極熱門，自創社至今，無論書名、作者，對讀者來說，都朗朗上口，但爾雅更多的書，由於印量不多，見光度低，讀者印象不深，在八百種書中，初版之後，從未再版的書也相當普遍，對我來說，並不的因為書不好銷，就改變了對一本書的看法，八百種書，全自我手中，從原稿變成一個個鉛字，後期因電腦的發明，鉛字書進入歷史，改成電腦排字，但校對是一樣的，仍需用眼睛，一個字一個字讀。透過我手我眼成書的，在我書架上都留了一本，不時地，會取下翻讀，幸虧有書，有些事，歲月讓我們遺忘，但書在，書留下了許多我們不該遺忘的往事，以下記錄雖一鱗半爪，卻可映照八百種書裡隱藏著的光——

1 不可忘記梅新

詩人梅新，本名章益新（一九三七—一九九七），浙江縉雲人，對一個熱愛工作又熱情待人的詩人來說，梅新六十歲就辭世，親朋好友，特別是文藝圈內人都深感惋惜，何況他詩藝高超，爾雅出版社曾為他出版《梅新詩選》，可惜現已斷版。

為何不可忘記梅新？在張默《夢從樺樹上跌下來》（一九九八年六月初版）二四二頁，記載著兩件事情，其一，直到今天，《年度詩選》仍在持續編選，關鍵人物原來是詩人梅新。張默說：

自一九八二—一九九一年，爾雅出版社獨資出版《年度詩選》共十集。於《八十年詩選》出版時，由於碰上文學的不景氣，隱地以沉重的心情宣布：「年度詩選，再見」。作為末代主編的李瑞騰，也感慨地作了結語：「我的責任更大是關於本年度的這一集，我希望能為它劃下一個美麗的句點。」

由於爾雅的聲明和主編人的結語，梅新看在眼中，疼在心裡，於是他找尋適當的機會，與向明、瘂弦再三商討，共同草擬一份持續接編《年度詩選》的出版計劃，最後獲得文建會的贊助，於是接下這個棒子。《八十一年詩選》，於一九九三年詩人節隆重出版。梅新在卷末〈年度詩選再出發〉一文，把發起的經過交代得清清楚楚，每年由兩位（老、少詩人各一）輪編，爾雅仍代理發行業務。如今已轉眼滿六年……若不是梅新熱心推動，恐怕這本詩選早就凋謝了。

隱地附註
《年度詩選》另外兩位幕後推動者為詩人向明和瘂弦。

2 洛夫為《夢從樺樹上跌下來》封面題字

《夢從樺樹上跌下來》，原是張默於一九九六年三月到一九九七年九月，前後十六個月，刊於《聯合文學》上「詩壇鉤沉筆記」的一個專欄，記錄十七位詩人的創作生活，附了許多珍貴照片，並邀請詩人洛夫封面題字，一本漂漂亮亮的詩人筆記，並附十七位詩人的詩作和手稿，詩人生活和創作觀，雖未能因此帶動銷路，卻不影響本書價值，它是一本詩壇珍貴的文獻，將來研究臺灣詩壇動態，一定會設法搜尋此書。

3 深夜讀奚淞

爾雅甚多「寶書」，奚淞的《姆媽，看這片繁花！》，是「寶書」中的「寶書」。雖是「寶書」，這本書知曉的人並不多，多次翻讀「寶書」，越讀越喜歡，禁不住要問自己，為何「寶書」在你手裡，卻未讓它的光華，傳達給廣大的讀者？

想來原因有二，其一，作者奚淞是低調之人，遇上我這家低調的出版社，無人敲鑼打鼓，奚淞的書雖然早於一九八七年就出版了，卻知道的人始終不多。

其二，正因為奚淞的散文集出版於一九八七年，那一年已是爾雅「黃金期」的尾巴，所以總銷量仍有八千冊，至少有八千人讀過的書，為何後三十年，此書談論的人仍然不多，這個答案，奚淞有一篇〈在電影院裡〉，末尾有四句佛偈：

一切有為法，
如夢幻泡影，
如霞亦如電，

當作如是觀。

雖如此說，對我從自己手裡編出來的書，就是不能忘情。八百種書在家中的整面書牆上，不時地會從中抽下一本，只要翻讀，我的深夜時間似乎凝固，啊，富饒的夜，在夜裡，我是閱讀國的王，一切過去時光全會回來……

譬如奚淞回憶小時候到明星戲院看電影——

明星戲院的票價四塊五毛錢，是在我讀小學的時候。我常握著褲袋裏作響的零角子，考慮買一支六B圖畫鉛筆好？還是看電影好？兩者的價錢一般，而前者可以使用很久，看電影一下子就陶醉完了。

結果，我往往還是滿懷興奮的走進了明星戲院。在戲院特有的消毒水和汗尿混和的氣味中，我仰頭留連在李麗華、尤敏、劉琦的大幅巨照前，而側邊白光梳高髻的妖媚照片，不知為何，使我思念至今。

坐在吱嘎作響的木椅上，燈熄了，電影開始了。是那些電影呢？讓我想一想：林黛的《翠翠》、李麗華的《小鳳仙》、鍾情的《桃花江》、尤敏的《玉女私情》、葛蘭的《野玫瑰之戀》、劉琦的《半下流社會》、葉楓的《長腿姐姐》、張仲文的《地下火花》、穆紅的《蕩婦與聖女》、李湄的《春去也》、陳燕燕的《長巷》、白光的《接財神》、李香蘭的《一夜風流》……哦，我想我一定把秩序都弄亂了。它們都貯藏在我塵封的舊片貯藏室裏，我最深的心底，翻開時有一種酸甜的喜悅。

如今還有誰記得明星戲院？那是我小時候逃家的去處，十三歲，清晨上學時不小心把一隻鉛筆盒掉落在地，吵醒了患著神經衰弱症的母親，她於是不分青紅皂白，一罐不知什麼乳液的瓶子已經往我身上丟來……小說家王定國讀了我的《漲潮日》，在「人間副刊」上寫了一篇〈書房〉，把我少年時代「柯青華小朋友的故事」，寫進了他的「三少四壯專欄」。

《姆媽，看這片繁花！》，除了可賞讀作者「跳躍的才華以及敏銳的心靈」（白先勇語），還可欣賞奚淞的木刻。書後附〈我的生活與藝術〉——《婦女雜誌》讀者午餐會演講記錄——這篇演講稿更將八〇年代，張任飛的《婦女雜誌》時代，屬於奚淞自己的「巴黎年代」以及回國後在《漢聲雜誌》服務的十多二十年，全拉了回來，而對我來說，在深夜裡讀奚淞，永遠是我最美好的回味。

4 歐陽子和余秋雨

歐陽子寫了兩本「賞讀文學」的書，一九七六年的《王謝堂前的燕子》和一九九八年的《跋涉山水歷史間》，前者賞讀的是白先勇的《台北人》，後者賞讀的是余秋雨的《文化苦旅》。

《跋涉山水歷史間》從封面到封底，大有來頭，封面題字出自鼎公之手，鼎公的毛筆字，曾在張默和我合編的《當代臺灣作家編目（爾雅篇）》一書以彩色精印出現，那是一九九四年元月的出版品，至今已二十一年。

余秋雨的《文化苦旅》，除「自序」外，共有三十七篇文章，歐陽子挑出其中十篇，寫出評析論文，集為一冊，書名《跋涉山水歷史間》。

一九九八年，在出版此書時，為表慎重，除邀請鼎公為書的封面題字，同時邀請曾在爾雅出版《印象深刻》的篆刻家吳放，為書中十篇文題篆刻，增加全書的藝術韻味。

歐陽子在書前書後均對《文化苦旅》極力推崇，也說出自己寫《跋涉山水歷史間》

是她命中注定要寫的一本書，她書前的這一段，尤其值得錄下：

今夏回臺，爾雅出版社的隱地兄送我幾本書，其中一本是余秋雨的《文化苦旅》。由於眼力日衰，近日很少看書，可一掀開《文化苦旅》，開始閱讀，我的內心大受震撼，不能自已。中國有這等的文人！而我竟一無所知⋯⋯

每天讀一篇，或是兩篇。慢慢咀嚼，款款回味，又多次停下，斟酌思索。每一篇，都有不同的主題，都是一個思維的挑起、發展與完成。而這些主題或思維，除了必然地關涉著我們的個人生命，更是對於我們中國文化的形式與內涵，從不同角度的審美、思考與反省。這些篇章，是感性與理性的匀稱配合，在思古憶往的幽情之外，更賦有反思的成分。文章富有多樣性的「反諷」，卻溫柔敦厚，點到為止，意義深入含蓄，每每以「襯托」手法，把要領烘現出來。（「一針見血」這成語，雖能形容余秋雨以反諷、比喻、襯托等手法呈現文章主旨的高明度，我卻不想用它，因為寬容厚道的余秋雨，不用「針」刺人，不叫人流「血」。）

余秋雨在一站又一站的漂泊旅程中，用文字的魔杖——或該說是「神」杖——點活了千年的歷史人文，點活了萬里的山水環境。於是「人」「地」「時」合而為一，融入了我們的現代生命，豐富了我們的現代生命。或者，更應倒過來說：是我們日漸趨於疏離的現代生命，受到感召與號召，而被回收歸納入彷彿萌動著嶄新生機的中國歷史文化的懷抱。

我想著：有余秋雨這樣的現代文人，我們民族文化還怕敗亡嗎？

附註：

「今夏」，應為一九九三年夏天。

一九九六年，余秋雨繼一九九二年首次訪臺之後，二度訪臺，接受當時擔任臺北市立美術館館長黃光男的邀請，黃館長為他辦了幾場演講，由於《文化苦旅》和《山居筆記》已為他在臺灣打下人人知曉的知名度，爾雅也前後聯合中國時報人間副刊及洪建全基金會，共同為他辦了兩場演講，加上以後一場場加插進來的臨時邀約演講，一九九八年，爾雅特為他共出版了一冊《余秋雨臺灣演講》，此書封面封底均為余秋雨的影像，封面攝影照片出自大陸攝影家冉小靈之手，封底照片由林國彰掌鏡，內封題字陳庭詩，內封另有攝影家陳建仲為余秋雨拍攝照片一楨。

那也是余秋雨在臺最「熱」的十年。

說起毛筆字，余秋雨也是一把好手，他的字有秀勁之美，且自成一格。爾雅叢書三二二和三二三第一、二兩集《典律的生成》封面題字，即出自余氏之手。

余秋雨近年極力頌揚中國文化，他更特別推崇書法、崑曲、普洱茶，他有一本《極品美學》，談的就是他心目的上述三項中華文化之寶。

《典律的生成》，是評論家王德威為爾雅版「年度小說選」三十年精編（一九九八年出版）。王德威又於二〇〇〇年，也就是爾雅創社二十五周年時，受邀再為爾雅編了一套兩冊的《爾雅短篇小說選》，由於舉辦周年慶各項活動的忙亂，一時忽略，未為這套書請專家題字，是為憾事一樁。

5 鼓舞

這是九月虛耗的鐘點，我們互相用愚昧推砌石牆。

——一九六三年九月五日《泰瑪手記》（普天）

戰爭齜著牙齒
用火摺子燒他的脊樑
那條河痛成現在的樣子

——一九六三年・春夜《方壺漁夫》（爾雅）

「黑髮男子」沈臨彬，他最有名的招牌書——《泰瑪手記》，出版於一九七二年（民國六十一）年三月；隔了二十年，一九九二年五月，爾雅為他出版《方壺漁夫——泰瑪手記完結篇》，前後兩書，有他各個年代的手記，而一九六三和一九六四，是他寫作生命最重要的兩年，內容多半以那兩年為主幹。

一九六三，民國五十二年，美國總統甘迺迪遇刺；正是越戰（一九六〇—一九七五）

1971／1992
泰瑪手記完結篇

方壺漁夫

沈臨彬・著

方壺漁夫、鼓舞・柯青華、張默、林文義、沙牧
墨跡・王愷
修正・廖新一
封面・沈臨彬
音樂・柴可夫斯基

風格之形成，不送書，諂媚。

《方壺漁夫》書影

炮火激烈的年代，戰爭雖不發生在我們的土地上，但對於從一九四九年國軍潰敗跟著父母逃難來台的我們，仍有一種在戰火裡生活的感覺，沈臨彬和我，還有王愷和古橋（張作承），彼時都在政工幹校——一所以軍事管理的文學校，我這樣說，是因為這學校雖以「政治掛帥」，裡面的學生卻大半嚮往文學生活，你看這學校的另外五個系科——新聞系、美術系、音樂系、影劇系和體育系，看到這些科系，又彷彿進入了一個康樂隊，但一九六三年，整個台灣還在克難年代，你看，出現在《泰瑪手記》封面上的沈臨彬，在那個憂鬱症尚不流行的年代，他卻已經有了一張憂鬱的臉——那分明就是「克難年代」的典型表情，一種叫「痛苦」的土產，活在那個年代的人都十分熟悉。

一九九二年出版的《方壺漁夫》封面上，仍然還是「一九六三年・戰爭齜著牙齒」的印記。一九六三年，我們都已四年級，正要畢業，前路茫茫，但苦難出文學，沈臨彬是才子，隨便翻閱他兩本《泰瑪手記》，到處有值得抄錄的句子——

兩條河匯合的時候，多像情侶的相見。

風又起，襲來了涼意，生命何其單薄！像盪著的葉子，此一片戀愛著另一片，那怕是最強壯的也會夭折，終為枝柯遺棄。

（《方壺漁夫》頁一四〇）

《方壺漁夫》出版於二十三年前，近來我喜歡撫摸此書，翻前觀後，彷彿沈臨彬就在我眼前。書從封面到封底，全都是沈臨彬自己設計的，當時為他出版此書，我其實被他弄得十分惱火，因為美術系畢業的他，龜毛到了極點，不但有自己的「沈氏觀點」，而且總要把別人築好的牆拆掉。譬如爾雅書脊、封底都有一定的規格，全被他否定了，當時，也只有容忍，心想，天才都是難惹的，而今看來，他的堅持都是對的，打開扉頁，我突然看到「鼓舞」兩字，「鼓舞」之後接著有四個名字：柯青華、張默、林文義和沙牧。

原來天才亦需要「鼓舞」。四位被他提到名字的人，至少都常讚美他。林文義一向都承認自小就是他的粉絲，從文青時代就崇拜他；張默更是他的老哥兒們，好像一畢業，沈臨彬分發到左營海軍，就遇到張默了，一度他們在「華欣文化」，也曾經是同事；至於死去的沙牧，愛喝酒的詩人沙牧，一定是他談得來的老友；至於我，總是順著他，也難為他，把我放在「鼓舞」名單裡的第一順位。

完美主義的沈臨彬，身邊還有幾則手記想補進《方壺漁夫》，我以「倉庫裡還有許多存書」婉拒了他。

他生病前，有一次突然跑到辦公室找我，買回了好幾百本《方壺漁夫》。我寧願再為他出版一本新書，但他只想將《方壺漁夫》變成一本更完美的書，拖著拖著，後來他就病了，有一次到醫院看他，問起他的手記和新稿，他說全毀了，全被找他麻煩的人搜走了。

對於天才，我們總是太少給予正面的鼓舞，而又常以嘲諷的口氣說，他們可能是瘋子。

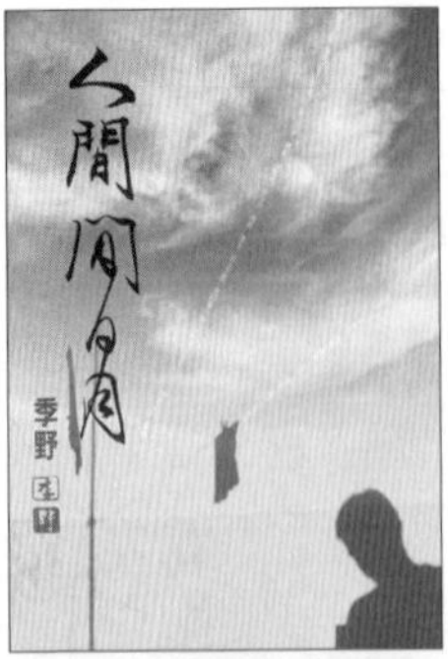

季野《人間閒日月》

桑恆昌《觀海》

陳怡安《人生彩排》

舒霖《心理師的眼睛》

問爾雅

問：爾雅八百種書中，作者年紀最大的是誰？

答：原爾雅叢書㊹《一個未過河的小卒子》作者周賢頌，他生於民前十五（一八九六）年，如果他還活著，算起來應為一一九歲。

周賢頌，浙江定海人，民國七年畢業於清華大學，旋入美國賓州大學鐵路運輸系進修，獲碩士學位後返國。歷任南開大學教授，中央信託局副局長，後又兼任該局東京辦事處經理。退休後赴新加坡，擔任大星有限公司董事長。

一九七八（民國六十七）年，隱地在聯合報讀到周賢頌〈讓我們來一個讀書運動〉，透過通信，和周老先生成為忘年交，當時周先生已八一高壽，隱地接受他的自傳「我與我的國家八十年」，隱地為他另取書名《一個未過河的小卒子》，經周老先生同意，於一九八一（民國七十）年二月出版。

周賢頌是我國最優秀的公務人員之一，他代表上一世紀傳統的優質國民，主要他一生讀書，對人對事永遠懷抱新的觀念，他說：「……人世間有兩個職業，擔當之後，即無自己，一是傳道人，一是公務人員，因為神必定照顧他的僕人……政府人員有各樣保障及升遷條例，只要能盡責任，自然而然得到報酬，不須要想到自己，亦不應當想到自己。」

問：在爾雅作者群中，誰又是年紀最小的一位？

答：可能是一九八二年出生的劉道一吧。劉道一剛在爾雅出版他的第一本繁體字詩集《碧娜花園》，祖籍河北撫寧，現居北京。

《碧娜花園》出版，得到楊澤、駱以軍、鴻鴻、許悔之、陳冠中、歐陽應霽、伊格言、曾淑美、姚謙、李焯雄、白靈、陳克華等台港澳大陸詩人，藝術家等共同推薦，成為二〇一五年詩壇「十大奇蹟之一」，看來，無論你如何不愛讀詩，也該翻翻這本《碧娜花園》，到底在玩什麼花樣？

問：爾雅最厚的書是余秋雨的《新文化苦旅》嗎？

答：《新文化苦旅》，只有七二六頁。一九八五（民國七十四）年，爾雅十周年社慶書，由詩人向陽主編的《人生船》，厚達九〇五頁，應是爾雅八〇〇種書裡最厚重的一部書。此書副題——「作家日記三六五」，表示全書共有三百六十五位作家（更正確的數字是三六六位），也破了出版史上一本書裡容納最多作家的記錄。

向陽編此書還有一段小插曲：原來，民國七十二年秋末冬初的一個晚上，當時正主編《自立晚報》副刊的他，突然在燈下翻查應鳳凰編，爾雅出版的《作家地址本》，忽發奇想──有沒有可能請不同風格、思想、出身不同背景、來自或流散在不同地方，活躍或消沉於不同年代的作家，為副刊讀者在一年內每天提供不同的人生經驗？

就是這一個念頭，讓向陽編了如此一部大書。說來也是有緣，因爾雅出版的《作家地址本》，又讓爾雅多了一本作家人生日記──《人生船》，這本日記表露的正是天下為公，世界大同──東西南北一家親，原來我們都在一條船上。正如向陽說的：「讓我們走入《人生船》中，與三六六位當代作家的心靈千里相會！

問：有最厚重的書，必定也有最輕薄的書，請問最薄之書是那一本？

答：早期爾雅出版了不少薄薄的書，如吳友詩的《人生座右銘》，渡也的詩集《流浪玫瑰》等，但爾雅最薄的一本書是林貴真的《偶然投影在你的波心》，只有一二一頁。如去掉五十二張圖片，文字可能不到三萬字，是一本小品兼攝影集，那年月，用的可是真正的「照相機」。書裡的「誠品書店」，還在「老誠品」年代──一九九〇年，離今已有二十五年，歲月多麼匆匆。

問：爾雅出了許多「極短篇」，聽說還有比「極短篇」更短的文集。

答：爾雅有幾本年輕作家的書，其中晶晶的《晶晶亮晶晶》是極短篇中的極短篇——是謂「最短篇」。晶晶，宜蘭人，曾在書店打工，因天天接觸書而愛上寫作，她希望有一天也能創作一部長篇小說。

問：爾雅書中，有何讓你感覺較為奇異之書？

答：爾雅有一本《鐘》，收了王鼎鈞、鄭清文、水晶、琦君和張曉風的五篇同名小說，都以「鐘」為題，被主編隱地一一記在心裡，於一九八〇年九月徵求五家同意，合出一書，成為文壇佳話。

問：爾雅有一字書，如《鐘》，如非馬的詩集《路》，此外，爾雅也有書名極長的書，如蕭蕭《四十七歲的蘇東坡，四十七歲的我》，還有更長的書名嗎？

答：亮軒的《假如人生像火車，我愛人生》，不但是爾雅叢書中書名最長的書，我想，在中國出版史上，要找出比此書書名更長的，不容易了。

問：最大膽的書也在爾雅嗎？

答：舞蹈家張曉雄全裸倒立，出現在他以《野熊荒地》為書名的封面上，應該是極為少有的，這也是一種向傳統挑戰，比起葛哈絲《情人》片中的梁家輝，藝術家的臀部當然更為性感。

問：看來，八百種爾雅叢書，文學之外，招式頗多，還有什麼，在結束這篇答客問之外，還想告訴我們的。

答：爾雅有許多作者失蹤了，也有許多作者失聯，譬如「單身貴族」黃明堅現在就不知去向，但她在爾雅留下一本《青春筆記》，那是勵志書中的佼佼者，希望每個成長中的女孩都能讀一讀。雖然現在早已不流行讀勵志書了，但人若想出人頭地，就是要從小立志。立志的人會走向正量人生，會離吸毒和憂鬱遠一些，爾雅有大量的勵志書，譬如王鼎鈞的「人生三書」，愛亞的「年輕三書」，陳幸蕙的「青少年的四個大夢」……其實所有好的書都是勵志書，讓人讀了精神頹廢的書，意志消沉的書，一定不是什麼好書。人就是應積極向上，社會越墮落，人更不可墮落，人一墮落，到頭來，苦頭都得由自己擔待，往往還會禍及家人。

問：想當年，記得爾雅曾有一本大兵文學《代馬輸卒手記》，於一九九三（民國八十一）年出版，亦造成大轟動，繼續記、餘記、補記、外記共出了五大本，可見受歡迎之程度，為何後來此書亦斷版了？

答：讀者像水，會流過來，也會流過去。讀者讀書趣味之改變，誰也無能掌握更無法預測。驕傲的讀者有時比驕傲的作家更多，他們此刻崇拜你，忽而又轉變成為別人的粉絲了。張拓蕪的《代馬輸卒手記》單單第一冊就銷了五萬七千冊。「代馬五書」，二〇〇四年，爾雅還為他出版了五書精華版，但銷了十年，印到第三版，就再也銷不上去，只好將版權還給作者了。

問：詩人向明說，爾雅還出版過銀髮族畢業手冊——「行前準備」，到底又是什麼奇怪的書？

答：爾雅除了勵志書，療癒讀者心靈受傷的書，還有討論如何面對死亡的書，吳東權的《行前準備》，爾雅在出版時，書前曾有一篇推薦：「死亡，是人生無法避免的一件大事，人人必會遇到，與其閃爍，不如面對，死亡是另一種旅行。出發前，需訂購車票，整理行李，領取款項，安排雜務，通知家人等等這些前置作業，預備工作做得越周全，旅行時必然一切順利無礙，何況死亡是一次永久的告別旅行，猶如移民他鄉、遠離故土，且一去不返，更要我們未雨綢繆，預先準備。本書，獻給所有住著老人的家庭，或正在人生道上邁向老境的中壯代。越早準備，我們的人生越亮麗，閱讀此書，人會變得豁達、瀟灑且踏實。請勇敢的拿起此書，面對我們黑暗和光亮交替的人生。」

問：爾雅真是讓人摸不透的文學出版社，從《兒歌百首》到《行前準備》，幾乎生老病死各類散文、小品、小說、詩歌，應有盡有，接下去，你們還要出些什麼書？

答：人生下來就要吃，吃，讓我們身體獲得養分，身體成長，靠吃；而讀書補充我們腦袋營養——也就是讓我們獲得智慧，兩種成長的人生，才是健全的人生。

所以我們仍然出版詩、散文、小說，透過這些書籍，讓人獲得閱讀的快樂和智慧的成長，成為一個成熟的人。

人活一生，等於到世上參加一次快樂的旅遊。

閱讀，就是快樂的起點。

呂大明《英倫隨筆》

周志文《布拉格黃金》

奚淞《姆媽，看這片繁花！》

吳東權《行前準備》

又找出了一張二十二年前的老照片。這天是一九九三年八月二十六日，作者（右）和齊邦媛老師（中）、楊澤（時任中國時報人間副刊主編）攝於「林海音家客廳」。（林海音攝）

面對拋書丟書的年代

回答北京大學藝術學院博士研究生李育菁

問一、爾雅的發展歷程（規模、營收的轉變）？

答：爾雅創業四十年，回顧過去發展歷程，說來有點稀奇。爾雅從一九七五年創辦時僅僅三個人，而全盛時期，全社也不過八個人——我們似乎還有像繞口令似的口訣——兩個人編書，三個人賣書，一個人管帳，一個人管錢，還有一位做促銷。

也就是說，爾雅麻雀雖小，卻五臟俱全。發行人（老闆）之外，下設編輯部（發行人兼總編輯，另設編輯一人），發行部（三人）及會計出納各一，另加一位幕後促銷。

四十年來，工作人員甚少變動，幾乎已像家族事業。致於營收的轉變，大致可分三個時期，一九七五至一九八八，是黃金期，第一個十三年，營業額年年上升，一年比一年好，銷售一萬冊以上的書籍，比比皆是，銷售破十萬冊的也為數不少。

一九八八至二〇〇〇年，屬第二階段的承平期，營業額高不上去，且微幅下降，比較令人憂心的是，每年到了年底又降了一些，看起來，想要回到過去的好日子，似乎不可能了。

二〇〇〇年至今的十五年，則是衰退期。營業額不再微幅下降，有時甚至直線墜落。像股票指數，低點之後，還有低點。因書店一家家在關門。最近十年，幾乎再未聽說有人在開書店，如果有人開書店，一定是二手書店，二手書店不向出版社進書。他們的貨源多半接手自各個家庭裡丟出來的書；早期的讀者，只丟報紙，書是捨不得丟的，現在時代不一樣了，有些愛書的家庭，存了一書房書，一旦老一代的愛書人過去，到了子女一代，對書感冒，這時，甚至整個書房的書，都被拋售到了二手書店。

而以前，號稱書店街的重慶南路，如今紛紛改成專門接待大陸觀光客的商業旅館，成為「商旅一條街」。

問二、面臨純文學作品的讀者群越來越少的狀況，爾雅有何回應？

答：爾雅必須務實以對。首先減少印量，以前四千、三千起印，現在一千五，甚至一千或七、八百起印的數目也出現了。

書印得少，每本書的成本反而提高，這是書價越來越貴的理由。

爾雅硬撐了四十年，每年始終保持出書二十種，但今年起，我們會逐漸減少出版書種，也許減為每年十七種或十五種，但再怎麼艱難，每年至少會維持出書十種以上。

問三、網路資源與智慧型手機佔據並競爭讀者的閱讀時間，出版社面臨此趨勢有何回應或轉型？

答：爾雅未來雖減少書的印量，但對書的製作會更求精美，對文字的精確和藝術性亦更講究，設法以人文精神手工書的高水準來拉回部分讀者。關於所謂「轉型」，大概指，是否配合市場，出版電子書，這一塊是爾雅的弱項，我們一直在觀望中，看來，最多是跟在別人之後，我們不可能走在前面變花樣。

我們未來面臨的新世界，將是「臉書」的天下，紙本書逐年減少，就算書種不減，印量也會越來越小兒科。

問四、若「出書」的營利越來越低與困難，「出書」能為出版社帶來哪些「外部效益」？例如：誠品賣書困難，但其藉由「賣書」帶動其他外部效益→建立品牌而成為有文化的百貨公司。

答：爾雅是少數幾家僅存的文人出版社，如何存活下去，面臨新的挑戰，業績下滑，說來說去，還是我們努力不夠，不能怪大環境的改變。

問五、您認為整體華文出版產業結構跟過去（出版業、五小、文學全盛時期）有哪些明顯的差異性？（稿源、出版社、經銷商、通路等環節）

答：整體華文出版產業結構，顯然都面臨讀者減少的威脅。大陸有十三億人口，如此龐大的數字，照說，紙本書再如何衰退，仍然還會有一股廣大的讀者群支撐，但臺灣以及港澳星馬甚至美加歐等華文市場，紙本書的萎縮是必然趨勢。最大的差異性，以前在書店和出版社之間還有中盤商扮演橋樑的角色，如今幾乎已無書籍中盤商，中盤商的逐漸消失，等於是紙本書的喪鐘——但往後書店儘管減少，紙本書卻不會消失——大機器印刷書的時代結束，小額限量印刷書的年代已經崛起，以後出版書種將越發增加，只是印量卻大幅減少」，進入一個彼此送書的年代。

出版專業年代凋零，隨後小額（三、五十本至一、兩百本）印刷年代興起，出版事業最終可能會演變成一種介於藝術和遊戲之間的「新文化」事業。

回答這些問題讓我傷感，希望以後再別問我類似問題。商人辦報早已代替文人辦報，想不到文人出版社一樣不敵庸俗的資本主義社會。獨立思考的讀者少了，也就只好如此。我仍然感謝老天給過我幸運，讓我曾經走過七〇年代鼎盛的文學年代，讓像爾雅這樣的出版社能存活將近半個世紀，謝謝所有支持爾雅的讀者和朋友。

寫不完的書（代後記）

所謂「掛一漏萬」，一點也不錯。想寫一本書，談四十年中曾出版的八百種書，如今即使寫了上下冊，提到的爾雅叢書不過十分之一，大多數爾雅叢書，仍寂寞的掛在我家書牆上，偶爾看上一眼，總彷彿聽到眾書喊我：「主人啊，摸摸我，拉我下來，讓我到外面走走！」

你看，書多寂寞。當時為他們接生時，每本書都各有故事，書的背後都有一個主人，有的主人生得太多，也無法對書們一一照顧，任其在書海漂蕩、流浪……

爾雅每一本書，都有寫不完的故事。

單單「爾雅叢書」就寫不完了，為何你在《深夜的人》中還介紹了其他出版社的一些書？這也是爾雅一貫的傳統，早在出版《爾雅》介紹一百本「爾雅叢書」的時候，我們也出版了《琳瑯書滿目》，介紹其他出版社優秀的文學創作。如今所有文學創作已成弱勢，希望有一天，臺灣能出現一家「文學作品專賣店」，使臺灣作家的各類創作單行本能有一個展示平台。讓讀者有機會看見整體創作者的豐收成果，而不是少量印刷，只是互相送來送去，真有這樣一天，不單是書的寂寞和悲哀，也是寫作者的悲哀。

人類文明演變，會走到像今天這樣連實體書店都一一消逝，而飛到了所謂「永恆的雲端」，確實令人始料未及。

還來得及，你就是救書的人。趁紙本書還在，帶一本書到青草地上，大樹下或海邊咖啡屋，展開閱讀，你快樂，書快樂。紙本書的整體壽命因而延長若干年。

這是一個繼續還在寫書、做書老人的夢……

汪淑珍

《遺忘與備忘》、《朋友都還在嗎？》
——「文學年記」人與事

身兼作家、編輯人、出版者身分的隱地，於二〇〇九年十一月與二〇一〇年三月接續出版了兩本書——《遺忘與備忘》、《朋友都還在嗎？《遺忘與備忘》續記》。《朋友都還在嗎？》寫人，《遺忘與備忘》記事。此二書將文壇的人事，重點提要式地，統整概述了一遍。好久沒看到如此輕鬆好讀的文壇史料書籍！

史料整理，是件辛苦工作。在現今講求速成、利益至上的時代，大家都不願意花工夫去做整理史料的苦差事，也多虧了隱地不計個人利益得失，不惜耗時費日，不吝將其記憶之寶與大家分享，而有了此二書的誕生。兩書呈現隱地極具個人風格的散文筆法——文字溫醇平和，給人親切溫潤之感。讓死硬枯燥的史料幻化為溫馨可親的內容。

《遺忘與備忘》

《遺忘與備忘》寫出了臺灣文壇六十年（一九四九－二〇〇九）來，由初步建立至今日繁花盛景，一路變遷的足跡。由書名即可知，此書用意不啻為——記下備忘，不怕歲月遺忘。此書打開臺灣文壇的多重面向，在此書中可見：

一、文壇奠基起始

書中述及許多文壇起始之人事物，殊堪回憶——一九五一年，中國文藝協會設立的「小說創作研究組」，由此小組產生了臺灣文壇奠基的重要作家，如王鼎鈞、師範、蔡文甫、盧克彰、段彩華等人。一九五一年，臺灣光復後第一份詩刊《新詩周刊》產生，也為臺灣文壇新詩創作，提供園地。一九七五年洪建全文教基金會舉辦第一屆兒童文學獎，建構臺灣兒童文學版圖的第一塊。

二、書寫模式啟動

在臺灣文壇漫長六十年間，各種書寫模式的引領潮流，在書中也一一呈現——一九六〇年代，「留學生文學風」即由於梨華領先塑造成型。而後叢甦、吉錚、馬瑞雪、黃娟等人追隨其步伐，發表大量留學生文學。丁樹南的《小小說的寫作與欣賞》，與彭歌的讀書人語《小小說寫作》，啟動了臺灣一九七〇年代極短篇的風潮，影響所及，連港澳和馬華泰等國亦風靡小小說的創作。

三、作家崛起身影

書中提及許多今日耳熟能詳的人物，昔日崛起文壇的初步，讓讀者對作家崛起軌跡更加清晰。創辦「雲門舞集」，讓臺灣榮登國際舞臺的林懷民，曾是文學能手，林懷民在《聯副》刊登許多單篇文章，而後在一九六八年九月，出版他的第一本短篇小說集《變形虹》。一九六八年六月，葉石濤出版了他生平的第一本書──《葫蘆巷春夢》。一九七〇年，張系國短篇小說集《地》，在「純文學」出版，立即成為文壇新星。

四、出版環境變化

隱地將其所知的出版史話逐一記下，只因他就是其中的參與者。也讓讀者在閱讀此書過程中，了解出版環境的轉變。昔日文學出版環境的牽制囿限：「一九五一年，兩岸都處在驚魂未定的階段，中共於九月二十九日在大陸推行『知識分子改造運動』，臺灣省政府於七月頒布管制書刊進口令，國防部公布共匪及附匪分子自首辦法，檢舉匪獎勵辦法；當時，治安機關彷彿患了嚴重的文字敏感症。」（頁二三二）這樣的肅殺氣氛，讓作家在書寫時，為勿觸禁忌，總是多所顧忌，無法暢所欲言。即如文中提及「王鼎鈞在《文學江湖》書中這樣寫著：『那幾年，我把文章寫好以後總要冷藏一下，然後假設自己是檢查員，把文字中的象徵、暗喻、影射、雙關、歧義一一殺死，反覆肅清，這才放心交稿。』」（頁二三二）自一九八七年七月十五日，臺灣地區解除戒嚴後，出版環境日趨自由開放，如今出版物豐富繁頤，內容多元，出版型態更是多樣。

往日個人出版社即可做得有聲有色，一九七四年，沈登恩的遠景出版社成立，出版了黃春明的《小寡婦》、王禎和的《嫁粧一牛車》和陳映真的《將軍族》及《第一件差事》把遠景的出版事業推向了高峰。然而一九九六年，在詹宏志的奔走籌劃下，組成了「城邦出版集團」。宣告發揮整體力量的出版群體時代來臨。

一九五三年，當時南部唯一一家純文藝書店「大業書店」，十六年中，出版了近百種長篇小說叢刊，那時的群眾是「愛讀長篇小說的」。不似今日書籍主打輕、薄、短、小，大家不耐久讀。一九六八年，「年度小說選」第一集出版，一九八〇年代初期，各出版社的「年度選集」紛紛出籠。然而在一九九〇年許多年度選已經無力為繼，紛紛退場。

五、遺珠好書指南

隱地說：「每一本書的出版及累積，展現一個文化社會的整體氣象與關懷，集結著時代的氛圍與故事。」（頁一九五）然而許多書籍面市的時間極短，一旦下市後，即乏人問津。在《遺忘與備忘》一書中，不忘介紹讀者一些好書。如大江出版社曾經出版過一本五六〇頁的大書《作家群像》，資料豐富，執筆作家眾多，是認識作家的捷徑。一九五六年蕭銅編的《六十名家小說選集》是認識五〇年代作家的重要書籍。還有應鳳凰提供珍貴文學史料的《五〇年代文學出版顯影》、周幹家自費出版校正錯別字的書——《正訛》等。這些書籍實值得大家再次尋覓閱讀。

六、文學刊物印記

師範和在臺糖的朋友金文、魯鈍、辛魚、黃揚合稱「野風五君子」，一九五〇年一月一日合辦了深具影響力的文藝期刊——《野風》。一九六二年六月一日，劉紹唐基於「為史家找材料、為文學開生路」，獨力創辦《傳記文學》。透過刊物呈現眾多文學、史學人士的傳記，甚至時人自述、回憶錄、日記、生活紀實等。

一九七六年，《明道文藝》月刊創刊，而後造就許多今日文壇名家如張曼娟等人，如今持續為青少年服務。一九八六年，「五小」合辦《五家書目》，分送五家出版社的廣大讀友。在一九七〇年代，流傳於作家間一句話：「文章發表要上兩大（報），出書則找五小」。《五家書目》象徵文學年代的興盛。

臺灣戰後六十年的文壇點滴，因《遺忘與備忘》而重現。此書在每個年份下的副標題，皆點出該年文壇的重點，讓此書彷如文壇大事紀。確能幫助今日學子以簡短的時間，快速認識臺灣文壇，也能讓老作家們勾起昔日難忘的回憶，喚起走過每個年代讀者的記憶。

《朋友都還在嗎？》

隱地感慨地說：「我們的社會忘性快，此外，許多我們該記得的人都被我們忘了。」（《遺忘與備忘》頁一五七）緣此，為補強《遺忘與備忘》中所較忽略的「人物」部分，相隔一年，隱地旋即出版《朋友都還在嗎？《遺忘與備忘續記》》。全書主要分三大部分：「書前書後」、「人物篇」、「邊邊角角篇」尤其在「人物篇」以二人組合一起，有明顯對比者，有同類比擬者，有承祧發揚者。其中蘊藏隱地的用心。

明顯對比者如〈周夢蝶與張清吉——孤獨國主與三輪車伕〉。「志文出版社」發行人張清吉的「長榮書店」，曾經從臨沂街、和平東路、羅斯福路一段開到中華路，最鼎盛時期，還同時經營三家店面。而後成立「志文出版社」，出版的「新潮文庫」，帶領一九六〇年代的文藝青年認識域外文學影響深遠。而周夢蝶卻始終獨立經營一人書店。沒有廣闊的店面，輝煌的營業額，卻留下難忘的身影。〈孫如陵與高信疆——冷副刊與熱副刊年代的兩位代表人物〉，「紙上風雲第一人」高信疆在一九七〇年代，叱吒副刊領域。他的作法是將副刊有計劃性地編得熱鬧非凡，與昔日孫如陵、林海音、王鼎鈞、桑品載等人，編輯時靜靜看稿改稿，登稿，呈現而出的冷副刊迥然不同。無論冷副刊還是熱副刊，如今副刊的文學版面均已委縮，青年學子也轉以網路為其主要發表場域了！

同類比擬者如〈王鼎鈞與吳東權——老作家與生死學〉王鼎鈞與吳東權都是八、九十歲仍持續創作的作家。而〈張瑞芬與范銘如——一頁文學批評史〉范銘如評小說，張瑞芬評散文，是現今二位文學著名評論專家。承祧發揚者〈歸人與楊喚——讓能言鳥繼續歌唱〉早夭的楊喚，多虧了好友歸人，不斷為其編詩集、全集、書簡，一次次提醒群眾記起這位天才詩人。〈劉正偉與覃子豪——藍星元老和傳遞藍星詩火的人〉覃子豪五十二歲即過世，還好有後學劉正偉持續研究覃子豪的作品並傳布其作。劉正偉甚至曾和詩人向明，共同編了一本覃子豪詩文選《新詩播種者》。〈柯慶明與臺靜農——思念古典輝光〉柯慶明紹續老師臺靜農的風範照拂後學。

隱地的「遺忘二書」，提供了讀者回望臺灣文壇史的最佳通道。二書內容豐富，可見政治制度的嚴峻絕情、作家彼此提攜照顧的溫情、群眾擁抱文學的熱情、作家堅持寫作的癡情、社會轉變急劇的無情。藉由「遺忘二書」的閱讀，定能對文壇更加認識，也更能激發我們對文壇變化的省思。

「三十年代……是一個『友情濃郁，翰墨書香』，一個完全和現代不同的時代。」（頁八九）、「印證、鐫刻或銘記這個世紀，我們選擇用文學。」（頁一八二）隱地在《遺忘與備忘》一書中的這兩段話，正好為此二書下了最好的注腳。

——原載二〇一〇年八月號《全國新書資訊月刊》

附錄二

關於《微風往事》的兩封信

之一・隱地給那維風的信

維風

首先恭禧你大作《微風往事》再版。

重讀序文以及部分內文，對你們一家幾個兄弟尋親和大陸大堂哥一家人來臺探親，以及回去後大堂哥寫給你們的家書，確實感人萬分。

這和有些家庭，當去了大陸或來了臺灣，由親人變成仇人一般，是給人完全不一樣的感受。這還是和各人的家教有關，你們的家族，不管是留在大陸或到了臺灣，基本上是一個優質的家族。

就像同樣是中國人，柏楊看到了中國人醜陋的一面，而余秋雨發現的，都是中國人的美麗基因，他的《新文化苦旅》寫的正是人性的光輝。

你們一家人，剛好代表，也讓我們看到了中國人美好的一面。謝謝你，希望大家因讀到你的書而變得更為和諧。

祝福

隱地　九月二十四日

附註

那維風的《微風往事》由活石文化公司印行，是一本書寫兩岸心情的傳記體散文，雖屬小額印刷書籍，卻引起飛碟電臺唐湘龍、楊月娥感動而做了專訪，更引來不少讀者，作者現居臺中。

之二・那維風給隱地的信

隱地老師：

好的，謝謝您給我您的電話號碼，會找時間與您好好聊聊的。

過幾天我將去天津探親，那兒的天氣已降溫至近零度了，真冷。

最近兩岸的話題不少，也很重大，這明明是石破天驚的大事，但現在的臺灣，卻已經走到沒法理性討論事情的地步了，讓這等大事，打了折扣，真是感觸良多。兩岸啊！但願能往好的方向發展，非常期待。

許多人曾經滿腔的熱血，想做點什麼，卻都在時間的洪流中，不敵現實。常有一分無力感，但，身為中國知識分子，真的就只能眼睜睜的看著國家社會如此嗎？

好難！真的好難！

先簡單聊到這吧！謝謝老師。

祝　順心

維風　十一月九日

爾雅 40 周年社慶，同仁聚餐於「天廚」。隱地身旁為其 57 年老同學竇克勤。（覃雲生攝）

附錄三

六十年來家國

——隱地、王鼎鈞、齊邦媛的時光書寫

凌性傑

七十歲的老者／醒來　在午夜三點半／白日遺忘的名字／成了一天空的星星／
在天花板上閃爍

——隱　地，〈遺忘與備忘〉

有一件事情必須做，我坐在水泥地上寫稿子，希望在茫茫虛空中抓到一根生命線。

——王鼎鈞，〈用筆桿急叩台灣之門〉

他們的身影與聲音伴隨我的青年、中年也一起步入老年，而我仍在蹉跎，逃避……，直到幾乎已經太遲的時候，我驚覺，不能不說出故事就離開。

——齊邦媛，《巨流河》

微型文學史——隱地《遺忘與備忘》

見微可以知著，從小事件中往往讓人感知時代的重量。隱地先生的《回頭》，記錄了他私人的文學抽屜，不吝分享臺灣文壇的某些私密檔案。《遺忘與備忘》的副標題為：文學年紀（一九四九—二〇〇九年），格局與氣魄更勝以往，有為臺灣文學寫史的強烈企圖。身為第一線的作者、編輯、出版人，隱地以自身的觀察為起點，佐以豐沛的文學史料，寫出了臺灣文壇六十年來的變遷。除了翔實的資料令人激賞，書中呈現的個人洞見、論評，才真是此書價值所在。

我問隱地先生，歷史書寫者關照當下與過去，還得展望未來，什麼最難寫呢？他毫不猶豫地說，當下最難寫。活在資訊社會，每天每天，訊息鋪天蓋地而來，我們幾乎無所遁逃。然而，如何從中披沙揀金、存取我們認為重要的，這才是最艱難的。隱地先生不畏艱難，把所有的文學史料打散再重整，擷取記憶中的靈光編年記事，臺灣文壇的變遷就這麼具體而微地浮現了。他所做的，正是那些在學院裡皓首窮經只為升等的人所不願意做，也無法做的。他筆下的掌故，讓讀者知道記憶是多麼美好。他分享自己所知所記，或許正因為不忍見到這份美好的失落。從這份文學年紀中，隱地實踐了文學的使命感，也完成了一份文壇的共同記憶。

人性試煉——王鼎鈞《文學江湖》

這是王鼎鈞回憶錄四部曲的第四部，副標題是：在臺灣三十年來的人性鍛鍊。談文學、講人在江湖身不由己，這書名取得相當貼切，不過，若是從文章裡仔細爬梳，人性鍛鍊或許更能完整概括鼎公的心緒。鼎公四部回憶錄寫了十七年，前三部《昨天的雲》、《怒目少年》、《關山奪路》書寫時代變遷，氣勢磅礡。耗費四年寫成的《文學江湖》，展現出一種回望的高度，不僅是人生傳記，更是用生命體驗為家國寫史。《文學江湖》人性揪扯、局勢動盪，書寫難度最高。王鼎鈞說：「寫回憶錄不能只寫自己，要寫出眾人的因緣。」「我只能以今日之我詮釋昔日之我。」

讀完全書，我彷彿領受智慧老人的諄諄勸勉，對詭譎的人情世事發出幾聲喟嘆。從一九四九到一九七八，鼎公在臺島度過了三十年，屢逢險境又絕處逢生。這之間，他捲入人事傾軋、派系鬥爭，成天與特務周旋。稍一不慎，就有可能毀家喪身。

所以當他拿到出境許可，搭上飛往美國的班機，他寫道：「機身轉彎，我看見隱隱山峰水氣淋漓，有如米芾的畫。我覺得肚臍好痛，像是拉斷了臍帶，然後就是雲天萬里。」書裡面臧否人物不假辭色，可是鼎公很體貼地為他們隱去了姓名。雖然對讀者來說，這一層遮掩實在是太不體貼了。喜歡搜密窺奇如我，對於那些名字密碼未能破解，至今還是有幾分遺憾。

往事的重量——齊邦媛《巨流河》

齊邦媛說所有的當年往事：「是比個人生命更龐大的存在，我不能也不願將它們切割成零星片段，掛在必朽的枯枝上。」所以必須慎重其事，在人生中的最後一個書房，完成這項史家的大業。她寫國仇家恨、亂世兒女，也寫個人的學術鍛鍊、教學生涯，都是為了詮釋人與人的相關，提醒自己身為一個（東北）人的尊嚴。她記得錢穆先生說過的：「忘不了的人和事，才是真生命。」拳拳服膺，於是才有了《巨流河》這樣一本大書。

齊邦媛敘寫個人生命史，從父祖血脈與家史寫起，真切反映了華人的生命觀。個人往往不只是個人，在這本書中有了另一番明證。即使時過境遷，齊邦媛的筆下對東北家鄉仍有著濃濃眷戀，對少女時期的思慕對象也還存有一份淡淡幽情。偏偏人生境遇是誰也說不準的事，她渡海來臺，怎麼也料想不到這片土地便是她埋骨之所。人總是帶著自己的生命故事在生活，齊邦媛藉由訴說平生，傳遞了往事的重量。這本書是她的返鄉之旅、是她的尋根歷程，更是她用女性軀體銘刻時空變換的紀錄。往事並不如煙，這些生命故事依憑著文字，才有了最美好的歸宿。

——原載《陪你讀的書》(麥田)

附註

凌性傑除了自己一直在寫——寫詩和寫散文，他也一直在推動閱讀，作為建國中學的一位國文老師，他似乎肩負重任，他希望：「生而孤獨的人生能夠擁有書籍的陪伴。」因此他寫了許多有關推動閱讀的書，譬如《自己的看法：讀古文談寫作》、《彷彿若有光：遇見古典詩與詩生活》，並與楊佳嫻合編《靈魂的領地：國民散文讀本》，與吳岱穎合編《生活的證據：國民新詩讀本》。

《陪你讀的書》，是凌性傑最新一本推動閱讀的書，此書開了四十二張私房書單，從經典到生活的各類書籍，書單內容包含古今中外，另外還開列了許多延伸閱讀書單，是茫茫書海中的一盞明燈。

《洛夫·世紀詩選》

洛夫

《小孩老人一張面孔》

桑品載

《萍水相逢》

蔣勳

《天地一遊人》

李黎

和二〇一五年說再見（後記之後的後記）

二〇一〇年曾是我的豐收年，一年裡居然出版了三種書——《朋友都還在嗎？》、《讀一首詩吧！》和詩集《風雲舞山》，隔了五年，沒想到自己再一次豐收，今年我也出版了三種書——《清晨的人》、《隱地看電影》和《深夜的人》。

這三種書，讓我年初到年尾，比二〇〇二和二〇一二那兩年天天要寫日記的日子還忙。

忙，讓日子過得更快，幾乎上午才到辦公室，怎麼就到了下午下班時間，而清晨才醒，怎麼又到了深夜必須上床，日子和日子排著隊，二〇一五年又要和我說再見了！

二〇一三年是我生命中特殊的一年，先是因靜脈血管阻塞，引起眼睛玻璃體出血，接著牙病登場，又因一生都在「寫字」，得了職業病，於是拉筋整骨推拿……一整年都在進出中西診所和各大醫院，後來情況稍有改善，到了年底，寫了一本《生命中特殊的一年》，在那本書裡我也提到了透過讀汪其楣在《文訊》上的一篇文章，我認識了寫《繁花不落》的藍明姊——當年正聲電台「夜深沉」的節目主持人，於是我們開始通信，當年一個守在收音機旁聽藍明說話的高中生，想不到超越時空，隔了五、六十年通起信來，生命確有奇蹟，我們成為年紀最大的筆友，最奇特的是，我保留學生時代到南海路參觀美新處的一張照片，照片裡西裝筆挺結著領花的帥哥副處長，竟然就是藍明姊的老公司馬笑先生。

二〇一四年是我們通信最勤的一年，但二〇一五年，因我日以繼夜不停地寫，以致於未能每封信都回，還好藍姊能諒解，但我心裡還是過意不去。

非但如此，許多老長官、老朋友、老同學我都忽略了，寫作讓我忘了禮數，還有，讀者的信，以往也總設法回覆，如今年紀大了真的沒有力氣，只能說力不從心。

現在，我身上尚餘的一些力氣，都給了寫作。看來我已經中了寫作的毒，戒不掉，而我，也不想戒了。

隱地書目

書名	性質	出版時間	出版社
1. 傘上傘下	小說散文	一九六三年四月	先：皇冠出版社
	小說散文	一九七九年四月	後：爾雅出版社
2. 幻想的男子	小說	一九七九年四月	後：爾雅出版社
（一千個世界）	小說	一九六六年八月	先：文星書店
3. 隱地看小說	評論	一九六七年九月	先：大江出版社
	評論	一九七九年四月	後：爾雅出版社
4. 一個里程	雜文	一九六八年六月	華美出版社
5. 反芻集	讀書隨筆	一九七〇年十二月	大林書店
6. 快樂的讀書人	讀書隨筆	一九七五年十二月	爾雅出版社
7. 現代人生	小品	一九七六年十月	爾雅出版社
8. 歐遊隨筆	遊記	一九七六年十二月	爾雅出版社
9. 我的書名就叫書	隨筆	一九七八年十二月	爾雅出版社

10.	誰來幫助我	隨　筆	一九八〇年七月	爾雅出版社
11.	碎心簷	中篇小說	一九八〇年十一月	爾雅出版社
12.	隱地自選集	選　集	一九八二年十二月	黎明文化公司
13.	心的掙扎	哲理小品	一九八四年九月	爾雅出版社
14.	作家與書的故事	作家生活	一九八五年十一月	爾雅出版社
15.	人啊人	哲理小品	一九八七年三月	爾雅出版社
16.	眾生	哲理小品	一九八九年五月	爾雅出版社
17.	隱地極短篇	小小說	一九九〇年元月	爾雅出版社
18.	愛喝咖啡的人	散　文	一九九二年二月	爾雅出版社
19.	翻轉的年代	散　文	一九九三年十二月	爾雅出版社
20.	出版心事	隨　筆	一九九四年六月	爾雅出版社
21.	法式裸睡	詩	一九九五年二月	爾雅出版社
22.	一天裏的戲碼	詩	一九九六年四月	爾雅出版社
23.	盪著鞦韆喝咖啡	散　文	一九九八年七月	爾雅出版社
24.	生命曠野	詩	二〇〇〇年一月	爾雅出版社
25.	漲潮日	自　傳	二〇〇〇年十月	爾雅出版社
26.	我的宗教我的廟	散　文	二〇〇一年七月	爾雅出版社
27.	詩歌舖	詩	二〇〇二年二月	爾雅出版社

28.	2002／隱地（日記三書之1）	日記	二〇〇三年六月	爾雅出版社
29.	自從有了書以後……	散文	二〇〇三年七月	爾雅出版社
30.	人生十感	散文	二〇〇四年五月	爾雅出版社
31.	隱地序跋	序跋	二〇〇四年七月	古吳軒出版社
32.	十年詩選	詩選	二〇〇四年十月	爾雅出版社
33.	身體一艘船	散文	二〇〇五年二月	爾雅出版社
34.	草的天堂	散文選	二〇〇五年十月	爾雅出版社
35.	隱地二百擊	札記	二〇〇六年元月	爾雅出版社
36.	敲門——爾雅三十光與塵	散文	二〇〇六年三月	爾雅出版社
37.	風中陀螺	長篇小說	二〇〇七年元月	爾雅出版社
38.	人啊人——「人性三書」合集	哲理小品	二〇〇七年七月	爾雅出版社
39.	春天窗前的七十歲少年	散文	二〇〇八年元月	爾雅出版社
40.	我的眼睛	隨筆	二〇〇八年五月	爾雅出版社
41.	回頭	散文	二〇〇九年元月	爾雅出版社
42.	遺忘與備忘——文學年記60篇	隨筆	二〇〇九年十一月	爾雅出版社

43.	朋友都還在嗎？——《遺忘與備忘》續記	隨筆	二〇一〇年三月	爾雅出版社
44.	讀一首詩吧	讀詩隨筆	二〇一〇年九月	爾雅出版社
45.	風雲舞山	詩	二〇一〇年十一月	爾雅出版社
46.	一日神	散文	二〇一一年二月	爾雅出版社
47.	一棟獨立的臺灣房屋及其他	散文	二〇一二年四月	爾雅出版社
48.	2012／隱地（日記三書之2）	日記	二〇一三年二月	爾雅出版社
49.	生命中特殊的一年	隨筆	二〇一三年十一月	爾雅出版社
50.	出版圈圈夢	論述	二〇一四年十二月	爾雅出版社
51.	清晨的人	隨筆	二〇一五年四月	爾雅出版社
52.	隱地看電影	電影筆記	二〇一五年七月	爾雅出版社
53.	深夜的人	隨筆	二〇一五年十二月	爾雅出版社

A600·	生命中特殊的一年——隱地2013年札記	隱　地	著	230元
A601·	哭廟(史詩)	楊　鍵	著	550元
A602·	散文隱地——隱地散文創作觀及其實踐	林雪香	著	260元
A603·	老子這樣說 ——從《道德經》看「為我思想」	梅　遜	著	230元
A604·	千年畫緣(長篇小說)	姚白芳	著	300元
A605·	王鼎鈞書話(書話)	隱　地	編	320元
A606·	我的詩沒有蜂蜜(新詩)	薛　莉	著	220元
A607·	滿江紅(長篇小說)	姚白芳	著	280元
A608·	荆棘裡的亮光——文訊編輯檯的故事	封德屏	著	360元
A609·	越界後，眾聲喧嘩——北美文學新視界	姚嘉為	著	250元
A610·	小說大夢——「年度文選」再會	隱　地	編	300元
A611·	詩路(新詩)	林明德	著	300元
A612·	早起的頭髮(新詩)	向　明	著	250元
A613·	出版圈圈夢(散文)	隱　地	著	250元
A614·	六個女人在紐約(長篇小說)	張滌生	著	300元
A616·	清晨的人——爾雅四十周年回憶散章	隱　地	著	220元
A617·	臺灣詩人的囚與逃——以商禽、蘇紹連、唐捐為例	夏婉雲	著	380元
A618·	碧娜花園(新詩)	劉道一	著	320元
A619·	就是愛爾雅——賀爾雅創社四十周年	張世聰	著	170元
A620·	隱地看電影(電影筆記)	隱　地	著	300元
A621·	千年之淚——當代臺灣小說論集	齊邦媛	著	280元
A622·	觀海——桑恆昌小詩選	桑恆昌	著	230元
A623·	北緯一度新加坡(散文)	衣若芬	著	280元
A624·	胡蘭成　天地之始(評傳)	薛仁明	著	380元
A625·	我存在，因為歌，因為愛(新詩)	鄧禹平	著	250元
A626·	中外名人智慧語(賞析)	張春榮·顏荷郁	譯著	290元
A627·	天清地寧(散文)	薛仁明	著	300元
A628·	小鎮醫生的愛情(長篇小說)	蕭　颯	著	370元
A629·	金瓶梅中之富商西門慶(評論)	蕭　颯	著	390元
A630·	深夜的人——爾雅四十周年回顧續篇	隱　地	著	260元

（另有年度小說選、詩選、文學批評選約48種）

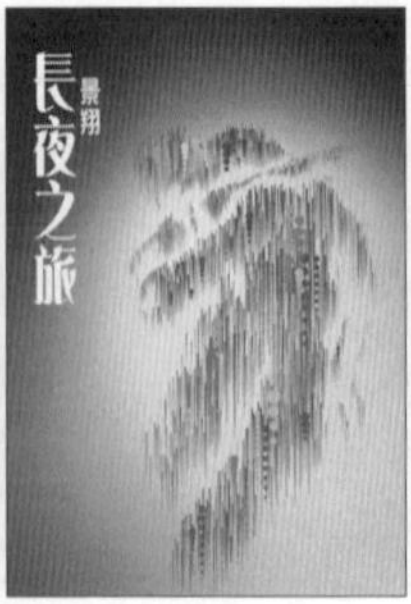

A568 · 冷熱(散文) 周志文 著 200 元
A569 · 孩子的小口袋(回到一九五七年) 汪 榭 著 250 元
A570 · 長夜之旅(詩和寫詩的故事) 景 翔 著 250 元
A571 · 歌聲越過山丘(散文) 陳義芝 著 230 元
A572 · 一棟獨立的台灣房屋及其他(雜文) 隱 地 著 190 元
A573 · 梅遜談文學(論述) 梅 遜 著 420 元
A574 · 阿鎧閒話(一位音樂人談音樂·文學·中醫和家庭教育) 黃輔棠 著 360 元
A575 · 萍水相逢(蔣勳的第一本散文集) 蔣 勳 著 240 元
A576 · 悅讀王鼎鈞 · 通澈文心(作文方法) 蕭蕭 · 白靈 編 280 元
A577 · 後現代新詩美學(評論) 蕭 蕭 著 420 元
A578 · 一整座海洋的靜寂——新詩 · 攝影(全彩) 羅任玲 著 260 元
A579 · 台灣生態詩(詩選) 白靈 · 蕭蕭 · 羅文玲 編 220 元
A580 · 度有涯日記(「王鼎鈞回憶錄四部曲」域外篇) 王鼎鈞 著 390 元
A581 · 隱地及其出版事業研究(評論) 陳怡君 著 240 元
A582 · 世紀吹鼓吹(網路世代詩人選) 蘇紹連 編 360 元
A583 · 天堂與地獄 (長篇小說) 丘穎哲 著 180 元
A584 · 古文觀止化讀 (讀書隨筆) 王鼎鈞 著 350 元
A585 · 單身溫度 (短篇小說) 王鼎鈞 著 260 元
A586 · 悅讀琦君 · 筆燦麟麟(作文方法) 蕭蕭 · 羅文玲 編 320 元
A587 · 秋葉——短篇小說集 歐陽子 著 280 元
A588 · 重臨(新詩) 丁文智 著 250 元
A589 · 向島嶼靠近——詩畫協奏曲(全彩) 劉梅玉著 · 李若梅繪 200 元
A590 · 2012/隱地 (日記) 隱 地 著 450 元
A591 · 掩映——新詩 (全彩) 陳義芝著 · 葉紅媛繪 250 元
A592 · 書註 ——書緣小品 (全彩) 張騰蛟 著 300 元
A593 · 小孩老人一張面孔——鄉愁的生與死 (散文 · 小說) 桑品載 著 280 元
A594 · 荷塘雨聲——當代文學評論 (書評) 張瑞芬 著 350 元
A595 · 讀書會玩書寫 (讀書會專書) 林貴真 著 360 元
A596 · 心理師的單行道(散文) 舒 霖 著 220 元
A597 · 不落幕的文學愛情電影(影評) 吳孟樵 著 340 元
A598 · 東鳴西應記 (作家心靈) 王鼎鈞 編 300 元
A599 · 悅讀余秋雨 · 生命譜新曲 (作文方法) 白靈 · 蕭蕭 編 270 元

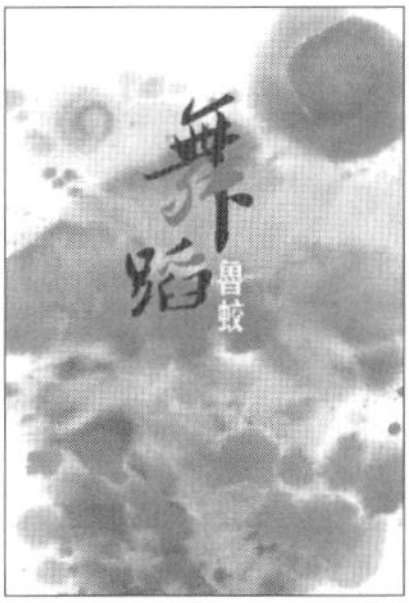

A536·	萬象歷然(散文)	薛仁明 著	260元
A537·	孤零世界裡的書癡(短篇小說)	應鳳凰 著	250元
A538·	現代詩創作演練(新詩賞析)	蕭蕭 著	220元
A539·	歡愛(散文)	林文義 著	240元
A540·	文茜的百年驛站——散文(全彩印刷)	陳文茜 著	370元
A541·	悅讀余光中——遊記文學卷(賞析)	陳幸蕙 著	290元
A542·	人人都有困境，讀一首詩吧！(札記)	隱地 著	240元
A543·	壞孩子(傳記)	亮軒 著	320元
A544·	4444(哲思)	李煒 著	330元
A545·	多情應笑我(新詩)	蔣勳 著	230元
A546·	古聖——圖文版新文化苦旅1(全彩)	余秋雨 著	260元
A547·	詩人——圖文版新文化苦旅2(全彩)	余秋雨 著	260元
A548·	大唐——圖文版新文化苦旅3(全彩)	余秋雨 著	260元
A549·	鬱悶——圖文版新文化苦旅4(全彩)	余秋雨 著	260元
A550·	遠方——圖文版新文化苦旅5(全彩)	余秋雨 著	260元
A551·	人文——圖文版新文化苦旅6(全彩)	余秋雨 著	300元
A552·	風雲舞山(新詩)	隱地 著	170元
A553·	神來之筆——散文·書畫(全彩)	侯吉諒 著	250元
A554·	春風夢田(評論)	張瑞芬 著	250元
A555·	讀書會加油站——百變讀書會	林貴真 著	220元
A556·	都市心靈工程師——隱地的文學心田	蕭蕭·羅文玲 編	480元
A557·	文心萬彩——王鼎鈞的書寫藝術	張春榮 著	250元
A558·	現代女詩人選集(1952-2011)	張默 編	430元
A559·	攣生小丑的吶喊(新詩)	蘇紹連 著	190元
A560·	論語隨喜——附DVD(散文)	薛仁明 著	280元
A561·	我遇到一位女士——愛亞續寫極短篇	愛亞 著	220元
A562·	一日神(散文)	隱地 著	200元
A563·	一個人·九十九座山(散文)	章武 著	480元
A564·	那些深沉靈魂女子的情與慾(中篇小說·解讀)	虹影著·瞿庭涓解讀	290元
A565·	桃花流水杳然去——王鼎鈞散文別集	王鼎鈞 著	380元
A566·	悅讀隱地·創造自己(作文方法)	蕭蕭·羅文玲 編	280元
A567·	天下事，猶未晚(胡蘭成致唐君毅書八十七封)	薛仁明 編	320元

A504・管　管・世紀詩選(新詩)　管　管　著　160元
A505・商　禽・世紀詩選(新詩)　商　禽　著　160元
A506・張　默・世紀詩選(新詩)　張　默　著　160元
A507・辛　鬱・世紀詩選(新詩)　辛　鬱　著　160元
A508・席慕蓉・世紀詩選(新詩)　席慕蓉　著　180元
A509・蕭　蕭・世紀詩選(新詩)　蕭　蕭　著　160元
A510・白　靈・世紀詩選(新詩)　白　靈　著　180元
A511・陳義芝・世紀詩選(新詩)　陳義芝　著　160元
A512・焦　桐・世紀詩選(新詩)　焦　桐　著　160元
A513・回頭(散文)　隱　地　著　260元
A514・妙手文心(王鼎鈞散文的藝術風格)　方　方　著　150元
A515・唐詩裏的長安風情(散文)　匡　燮　著　250元
A516・詩寫易經(新詩)　黃漢龍　著　240元
A517・愛的變貌(短篇小說)　曹又方　著　200元
A518・第五季(新詩)　曹介直　著　250元
A519・閱讀爾雅一賀爾雅成立三十四周年　張世聰　著　160元
A520・野熊荒地(散文・詩・攝影)　張曉雄　著　300元
A521・人間閒日月(新詩・散文)　季　野　著　250元
A522・遺忘與備忘——文學年記一甲子　隱　地　著　240元
A523・花　也不全然開在春季(新詩)　丁文智　著　220元
A524・走盡天涯・歌盡桃花(王鼎鈞的散文藝術)　黃淑静　著　280元
A525・光影紀行——詩文・攝影(全彩)　曾郁雯　著　300元
A526・舞蹈(新詩)　魯　蛟　著　230元
A527・是誰在天空飛？——非童話(長篇小說)　愛　亞　著　240元
A528・是誰在天空飛？——成人童話(長篇小說)　愛　亞　著　260元
A529・結局(新詩)　沈志方　著　260元
A530・日記十家(日記)　陳育虹等著　480元
A531・人生彩排(陳怡安沉思錄)　陳怡安　著　300元
A532・朋友都還在嗎？——《遺忘與備忘》續記　隱　地　著　200元
A533・西風回聲(散文)　宣樹錚・王鼎鈞合編　250元
A534・晶晶　亮晶晶(晶晶最短篇)　晶　晶　著　260元
A535・大度・山(散文)　蔣　勳　著　230元

A470．2008／凌性傑(日記)　凌性傑　著　430元
A471．紐約客(短篇小說)　白先勇　著　250元
A472．背向大海(新詩)　洛　夫　著　160元
A473．昨日遺書(長篇小說)　潘年英　著　250元
A474．叛徒的亡靈(我的五四詩刻)　林幸謙　著　180元
A475．十字路口—人生四帖　林貴真　著　240元
A476．心理師的眼睛(心理輔導故事)　舒　霖　著　250元
A477．現代新詩美學(評論)　蕭　蕭　著　320元
A478．華麗曲(古典音樂隨想錄)　華　韻　著　200元
A479．翅膀的煩惱(新詩)　林煥彰　著　200元
A480．2009／柯慶明(日記)　柯慶明　著　480元
A481．春天窗前的七十歲少年(散文)　隱　地　著　180元
A482．我們一路吹鼓吹(台灣詩學季刊社同仁詩選)　李瑞騰　編　270元
A483．象與像的臨界(散文詩)　王宗仁　著　200元
A484．新鮮話(作家智慧語)　隱　地　編　240元
A485．人啊人(「人性三書」合集)　隱　地　著　300元
A486．我的眼睛(散文)　隱　地　著　240元
A487．紐約．TO GO(留學經驗)　柯書品　著　300元
A488．光的溫度(愛亞及其作品研究)　廖玉容　著　270元
A489．新詩百問(詩話)　向　明　著　260元
A491．悅讀余光中—散文卷(賞析)　陳幸蕙　著　300元
A492．流光逝川(散文)　夏　烈　著　220元
A493．白先勇書話(書話)　隱　地　編　250元
A495．新文化苦旅(余秋雨文化散文全集)　余秋雨　著　580元
A496．世界名人智慧語(賞析)　張春榮．顏荷郁譯註　290元
A497．行前準備(銀髮族畢業手冊)　吳東權　著　250元
A498．台灣當代遊戲詩論(詩論)　曾琮琇　著　250元
A499．存在與超越(論隱地的詩歌世界)　孫學敏　著　150元
A500．黑暗聖經(人生經驗)　王鼎鈞　著　220元
A501．周夢蝶．世紀詩選(新詩)　周夢蝶　著　180元
A502．洛　夫．世紀詩選(新詩)　洛　夫　著　180元
A503．向　明．世紀詩選(新詩)　向　明　著　160元

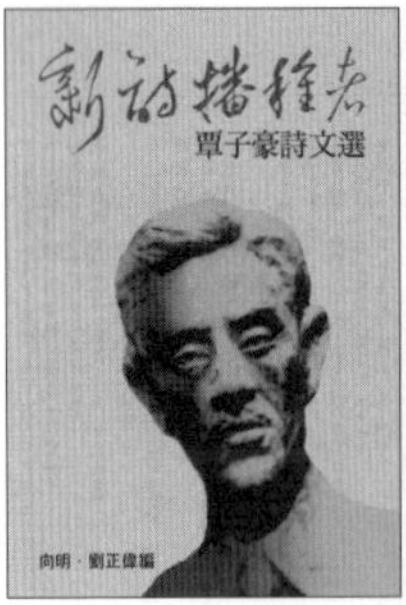

A433・	關山奪路 (王鼎鈞回憶錄四部曲之三)	王鼎鈞　著	400 元
A434・	文學江湖 (王鼎鈞回憶錄四部曲之四)	王鼎鈞　著	420 元
A435・	落葉集 (新詩)	李長青　著	190 元
A436・	電影智慧語 (西洋百部電影名句賞析)	張春榮・顏荷郁譯註	250 元
A437・	東方的孩子 (散文)	朱　琦　著	220 元
A438・	爾雅30・30爾雅 (紀念冊)	隱　地　編	180 元
A439・	詩集爾雅 (爾雅三十年慶詩選)	隱　地　編	220 元
A440・	2005／劉森堯 (日記)	劉森堯　著	280 元
A441・	書名篇 (爾雅三十年慶文選)	隱　地　編	380 元
A442・	台灣現代詩自然美學	羅任玲　著	350 元
A443・	北窗下 (散文)	張秀亞　著	210 元
A444・	新詩播種者 (覃子豪詩文選)	向明・劉正偉　編	280 元
A445・	草的天堂 (隱地四十年散文選)	隱　地　著	280 元
A446・	隱地二百擊 (札記)	隱　地　著	200 元
A448・	新詩八家論 (評論)	張索時　著	200 元
A449・	能停一停嗎，我說時間 (新詩)	丁文智　著	220 元
A450・	2006／席慕蓉一足本 (日記)	席慕蓉　著	450 元
A451・	敲門 (三十爾雅光與塵)	隱　地　著	140 元
A452・	我畫・我愛 (台北・美國・大陸)	王菊楚繪著	180 元
A453・	如果MSN是詩，E-mail是散文 (散文)	李進文　著	200 元
A454・	東坡驚夢 (文化露台的另類解讀)	陳義華　著	250 元
A455・	相遇爾雅書房 (散文)	林貴真　著	300 元
A459・	改變中國的一些人與事 (傳記文學)	朱介凡　著	350 元
A460・	2007／陳芳明 (日記)	陳芳明　著	300 元
A461・	雨的味道 (新詩)	葉維廉　著	240 元
A463・	邊緣電影筆記 (電影賞析)	亮　軒　著	200 元
A464・	風從樹林走過 (散文)	周志文　著	230 元
A465・	風中陀螺 (長篇小說)	隱　地　著	220 元
A466・	肉身意識 (新詩)	碧　果　著	200 元
A467・	小詩・牀頭書 (新詩賞析)	張　默　編	250 元
A468・	燦爛時光 (散文)	凌性傑　著	250 元
A469・	嚮往美麗 (散文)	陳雙景　著	200 元

A398·	格林威治以外的時間 (新詩)	柯嘉智	著	160元
	《作文七巧》大字版 (作文方法)	王鼎鈞	著	200元
A400·	碎琉璃 (散文)	王鼎鈞	著	220元
A401·	自從有了書以後…… (散文)	隱　地	著	170元
A402·	文學創作的途徑 (作文方法)	張春榮	著	250元
A403·	十六棵玫瑰 (散文)	姚宜瑛	著	200元
A404·	母親的書 (文學賞析)	劉森堯	著	280元
A406·	百年國變 (短篇小說)	朱介凡	著	270元
A407·	台灣新詩美學 (評論)	蕭　蕭	著	420元
A409·	人生十感 (散文)	隱　地	著	170元
A410·	2002／隱地一足本 (日記)	隱　地	著	450元
A411·	意識流 (散文)	王鼎鈞	著	140元
A412·	山裏山外 (散文)	王鼎鈞	著	280元
A413·	讀書會結知己 (實務運作手冊)	方隆彰	著	170元
A414·	寫給妳的情詩 (新詩)	華　韻	著	160元
A415·	小王子流浪記 (出家的心路歷程)	滿　濟	著	180元
A416·	曦日 (長詩集)	朵　思	著	170元
	《作文十九問》大字版(作文方法)	王鼎鈞	著	220元
A418·	情人眼 (散文)	王鼎鈞	著	180元
A419·	旅人與戀人 (新詩)	林文義	著	200元
A420·	2003／郭強生 (日記)	郭強生	著	340元
A422·	民權路回頭 (散文)	阿　盛	著	180元
A423·	叫花的男人 (羊令野詩選)	羊令野	著	250元
A424·	小蝴蝶與半袋麵 (劉枋小說集)	劉　枋	著	270元
A425·	十年詩選 (自選與他選)	隱　地	著	200元
A426·	Dear Epoch (創世記詩選 1994-2004)	李進文·須文蔚	編	200元
A427·	黃河的孩子 (散文)	朱　琦	著	230元
A428·	陽光顆粒 (新詩)	向　明	著	250元
A429·	身體一艘船 (散文)	隱　地	著	220元
A430·	2004／亮軒 (日記)	亮　軒	著	480元
A431·	昨天的雲 (王鼎鈞回憶錄四部曲之一)	王鼎鈞	著	300元
A432·	怒目少年 (王鼎鈞回憶錄四部曲之二)	王鼎鈞	著	340元

A360 ·	風雨陰晴 (王鼎鈞散文精華)	王鼎鈞　著	320 元
A362 ·	蓮漪表妹 (長篇小說)	潘人木　著	340 元
A363 ·	現代散文廣角鏡 (書評)	張春榮　著	260 元
A364 ·	天光雲影共徘徊 (文學賞析)	劉森堯　著	320 元
A365 ·	讀書會任我遊 (讀書專書)	林貴真　著	320 元
A368 ·	里爾克的絕唱 (賞析)	張索時譯解	240 元
A369 ·	王鼎鈞論 (評論)	蔡倩茹　著	270 元
A370 ·	2002／隱地 (日記)	隱　地　著	250 元
A372 ·	遊學集 (散文)	孫康宜　著	170 元
A373 ·	不可能；可能 (新詩)	李進文　著	150 元
A374 ·	我在線上找你 (短篇小說)	孫瑋芒　著	170 元
A375 ·	旅人之歌 (關於古典音樂的心靈流浪與獨白)	華　韻　著	170 元
A376 ·	騷動 (長篇小說)	英培安　著	200 元
A377 ·	金門 (吳鈞堯傳記)	吳鈞堯　著	190 元
A378 ·	野葡萄記 (我的理想世界)	梅　遜　著	230 元
A379 ·	人生試金石 (哲理小品)	王鼎鈞　著	160 元
A380 ·	詩歌鋪 (新詩)	隱　地　著	140 元
A381 ·	悅讀余光中—詩卷 (賞析)	陳幸蕙　著	350 元
A382 ·	復活 (八十八至九十一年年度小說選)	林黛嫚　編	280 元
A383 ·	書生 (散文)	郭強生　著	210 元
A384 ·	時光中的舞者 (隱地論)	章亞昕　著	260 元
A385 ·	風雨陰晴王鼎鈞 (一位散文家的評傳)	亮　軒　著	450 元
A386 ·	孤臣・孽子・台北人 (白先勇同志小說論)	曾秀萍　著	360 元
A387 ·	愛看電影的人 (影評)	吳孟樵　著	280 元
A389 ·	文學種籽 (作文方法)	王鼎鈞　著	220 元
A391 ·	我們現代人 (哲理小品)	王鼎鈞　著	160 元
A392 ·	左岸詩話 (賞析)	丁旭輝　著	160 元
A393 ·	未來的花園 (新詩)	喻麗清　著	160 元
A394 ·	走在詩國邊緣 (散文)	向　明　著	160 元
A395 ·	保險箱裡的星星 (新世紀青年詩人十家)	林德俊　編	170 元
A396 ·	詩的播種者 (新詩賞析)	落　蒂　著	200 元
A397 ·	布拉格黃金 (散文)	周志文　著	190 元

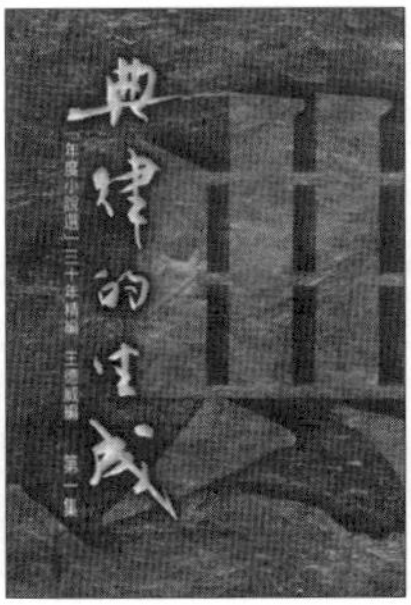

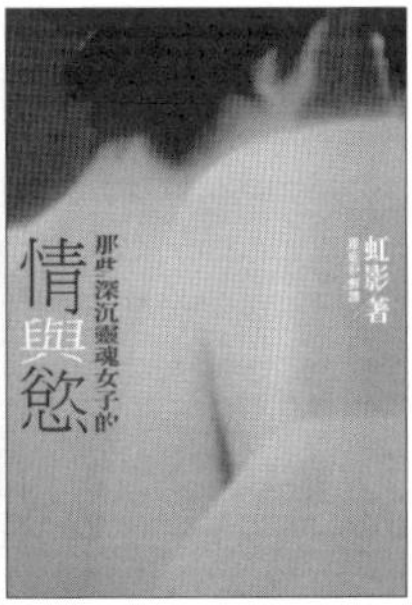

A315・蟲及其他(短篇小說) 荊 棘 著 160元
A316・喜歡自己的人生(散文) 林貴真 著 150元
A321・余秋雨　臺灣演講(散文) 余秋雨 著 280元
A322・典律的生成(一)(「年度小說選」三十年精編) 王德威 編 320元
A323・典律的生成(二)(「年度小說選」三十年精編) 王德威 編 320元
A324・夢從樺樹上跌下來(詩人生活) 張 默 著 280元
A328・掩卷沈思(散文) 余秋雨 著 220元
A329・高行健與中國實驗戲劇(評論) 趙毅衡 著 250元
A330・盪著鞦韆喝咖啡(散文) 隱 地 著 180元
A331・心靈與宗教信仰(哲理散文) 王鼎鈞 著 180元
A332・有詩(新詩) 王鼎鈞 著 130元
A333・千手捕蝶(哲理小品) 王鼎鈞 著 140元
A335・生命是個橘子(散文) 林貴真 著 180元
A338・活到老，真好(哲理小品) 王鼎鈞 著 200元
A339・上海的風花雪月(散文) 陳丹燕 著 220元
A340・杜甫的五城(散文) 賴瑞和 著 300元
A341・葡萄紅與白(散文) 愛 亞 著 190元
A342・展卷(讀書隨筆) 莊信正 著 170元
A343・總是巴黎(中篇小說) 西 零 著 180元
A344・岸與岸(桑品載自傳) 桑品載 著 160元
A345・漲潮日(隱地自傳) 隱 地 著 230元
A346・我的宗教我的廟(散文) 隱 地 著 170元
A347・詩花盒子(新詩) 薛 莉 著 140元
A348・上海的紅顏遺事(程姚姚傳記) 陳丹燕 著 200元
A350・生命曠野(新詩) 隱 地 著 150元
A352・極短篇的理論與創作(論評) 張春榮 著 260元
A353・滄海幾顆珠(散文) 王鼎鈞 著 230元
A354・湮沒的輝煌(散文) 夏堅勇 著 320元
A355・爾雅詩選(爾雅創社25年詩菁華) 陳義芝 編 230元
A356・爾雅短篇小說選㈠ 王德威 編 280元
A358・爾雅散文選㈠(爾雅創社25年散文菁華) 柯慶明 編 240元
A359・爾雅散文選㈡(爾雅創社25年散文菁華) 柯慶明 編 240元

A266・第二名的生活藝術(散文)　林貴真　著　150元
A267・青鳥蓮花(散文)　張春榮　著　130元
A269・青少年的四個大夢(第一集)(散文)　陳幸蕙　著　190元
A270・文化苦旅(散文)　余秋雨　著　320元
A273・青少年的四個大夢(第二集)(散文)　陳幸蕙　著　190元
A274・備忘手記(「十句話」完結篇)(小品)　隱　地　編　150元
A276・好一個年輕的下午(散文)　林貴真　著　130元
A277・一把文學的梯子(文學賞析)　張春榮　著　240元
A278・感情事件(短篇小說)　孫瑋芒　著　140元
A279・魯男子(中篇小說)　梅　遜　著　140元
A280・翻轉的年代(散文)　隱　地　著　130元
A283・無限好啊！(散文)　邱七七　著　130元
A285・成長的迷惑(小品)　愛　亞　著　120元
A287・雌性的草地(長篇小說)　嚴歌苓　著　270元
A289・青少年的四個大夢(第三集)(散文)　陳幸蕙　著　190元
A291・夜戲(短篇小說)　黃克全　著　130元
A292・把黑夜帶回家(散文)　王潤華　著　140元
A294・評論十家㈡(評論)　席慕蓉等著　180元
A295・斷水的人(散文)　張　讓　著　150元
A296・現代人的自得其樂(散文)　林貴真　著　150元
A297・一扇文學的新窗(文學賞析)　張春榮　著　240元
A298・山居筆記(散文)　余秋雨　著　280元
A300・法式裸睡(新詩)　隱　地　著　150元
A302・鄒敦怜極短篇(小小說)　鄒敦怜　著　120元
A303・思　理極短篇(小小說)　思　理　著　120元
A304・張至璋極短篇(小小說)　張至璋　著　130元
A305・張德寧極短篇(小小說)　張德寧　著　130元
A306・第六隻手指(散文・評論)　白先勇　著　360元
A307・夢的繞行(散文)　愛　亞　著　150元
A309・一樣花開(哈佛十年散記)(散文)　童元方　著　200元
A310・一天裏的戲碼(新詩)　隱　地　著　160元
A311・活著的神話：我為什麼活著？(散文)　零　域　著　140元

A213・覓知音(散文)	康芸薇	著	150元
A214・驚心散文詩(詩)	蘇紹連	著	90元
A216・姆媽，看這片繁花！(木刻・散文)	奚　淞	著	200元
A218・黎明心情(散文)	陳幸蕙	著	150元
A219・當風吹過想像的平原(散文)	張　讓	著	160元
A220・啊！荷葉上的露珠(散文)	林貴真	著	130元
A221・給成長的你(小品)	愛　亞	著	140元
A223・左心房漩渦(散文)	王鼎鈞	著	180元
A225・坐看雲起時(小品)	宋雅姿	著	200元
A226・青少年詩話(新詩賞析)	蕭　蕭	著	200元
A227・愛詩(新詩)	張　默	著	160元
A228・從你美麗的流域(散文)	張曉風	著	280元
A230・眾生(哲理小品)	隱　地	著	130元
A231・脫走女子(短篇小說)	愛　亞	著	140元
A233・風采(作家的影象②)(攝影)	周相露	攝	230元
A236・中國近代小說選㈠(短篇小說)	莊信正	編	160元
A237・中國近代小說選㈡(短篇小說)	莊信正	編	160元
A239・如何擺脫丈夫的方法(中篇小說)	蕭　颯	著	90元
A241・有時星星亮(小品)	愛　亞	著	150元
A242・青春筆記(小品)	黃明堅	著	140元
A243・浮生(散文)	林貴真	著	130元
A245・一天清醒的心(哲理小品)	黃克全	著	110元
A247・兩岸書聲(書評)	王鼎鈞	著	110元
A252・今宵酒醒何處(路上書)(散文)	蔣　勳	著	170元
A253・偶然投影在你的波心(小品・攝影)	林貴真	著	130元
A254・來我家喝杯茶(散文)	呂大明	著	150元
A255・十二樓憑窗情事(散文)	愛　亞	著	120元
A258・愛情的花樣(短篇小說)	喻麗清	著	130元
A260・愛喝咖啡的人(散文)	隱　地	著	170元
A261・握手(小品)	愛　亞	著	120元
A262・與你深情相遇(散文)	陳幸蕙	著	150元
A264・方壺漁夫(散文)	沈臨彬	著	160元

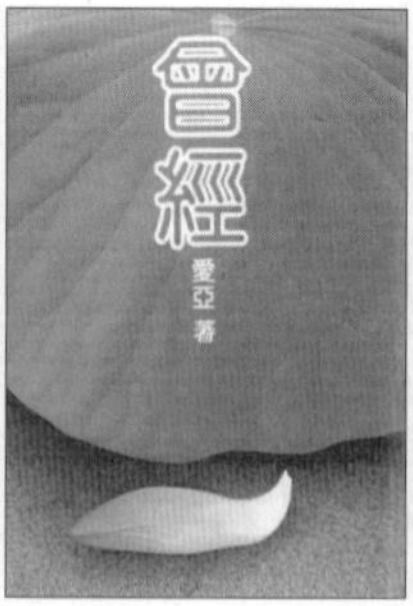

A149・孩子的心(小品)	邵　僩　著	160元
A150・作家列傳(文學史料)	阿　盛　著	170元
A151・喜歡(散文)	愛　亞　著	160元
A159・青衫(新詩)	陳義芝　著	90元
A160・心的掙扎(哲理小品)	隱　地　著	170元
A164・童詩五家(童詩)	林　良等著	160元
A166・耶魯・性別與文化(論述)	孫康宜　著	230元
A167・假如人生像火車・我愛人生(筆硯船)(散文)	亮　軒　著	90元
A170・作家與書的故事(文學史料)	隱　地　著	170元
A171・曾經(長篇小說)	愛　亞　著	270元
A172・今夜伊在那裡(短篇小說)	邵　僩　著	100元
A173・凡夫俗子(散文)	袁則難　著	210元
A177・人間種植(哲理小品)	邵　僩　著	100元
A181・悲涼(新詩)	蕭　蕭　著	110元
A183・作家的影象(攝影)	徐宏義　攝	170元
A186・台灣詩人散論(評論)	沈　奇　著	250元
A189・十句話(第四集)(小品)	張　默　編	130元
A190・光陰的故事(短篇小說)	隱　地　編	160元
A191・給年輕的你(小品)	愛　亞　著	150元
A194・路(小詩)	非　馬　著	70元
A197・小詩選讀(新詩賞析)	張　默編著	240元
A198・靜靜的聽(散文)	林海音　著	150元
A203・雷　驤極短篇(小小說)	雷　驤　著	130元
A204・袁瓊瓊極短篇(小小說)	袁瓊瓊　著	130元
A205・羅　英極短篇(小小說)	羅　英　著	150元
A206・喻麗清極短篇(小小說)	喻麗清　著	160元
A207・陳克華極短篇(小小說)	陳克華　著	160元
A208・邵　僩極短篇(小小說)	邵　僩　著	160元
A209・陳幸蕙極短篇(小小說)	陳幸蕙　著	150元
A210・隱　地極短篇(非小說)	隱　地　著	130元
A211・創世紀詩選(第二集)(新詩)	辛　鬱等編	270元
A212・隨身的糾纏(新詩)	向　明　著	140元

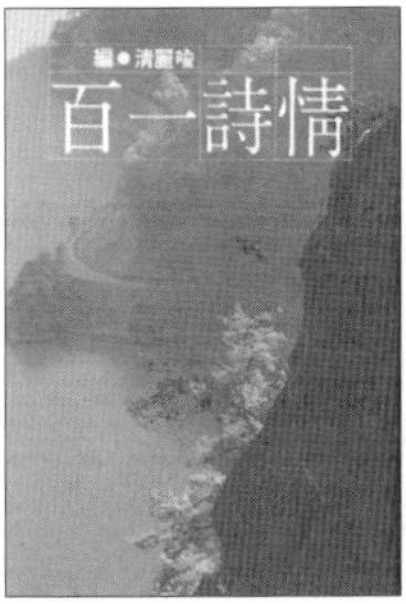

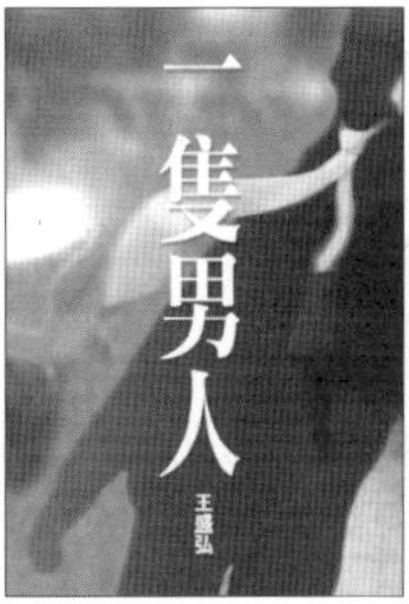

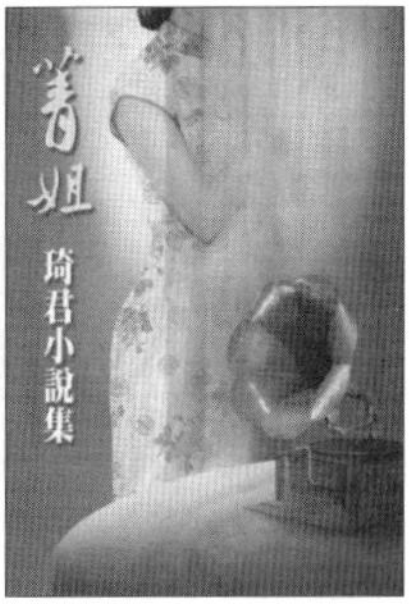

A 96・	煙愁(散文)	琦　君　著	230元
A 98・	三色菫(散文)	張秀亞　著	160元
A 99・	靈感(哲理小品)	王鼎鈞　著	150元
A100・	爾雅(書介)	隱　地　編	170元
A101・	母心似天空(散文)	琦　君　著	160元
A102・	菁姐(琦君小說集)	琦　君　著	250元
A105・	在那張冷臉背後(新詩)	辛　鬱　著	160元
A109・	新為我主義(論述)	梅　遜　著	160元
A110・	孔子這樣說(從論語看「為我思想」)	梅　遜　著	160元
A114・	情詩一百(新詩)	喻麗清　編	170元
A117・	現代百家詩選(新編)	張　默　編	420元
A118・	海水天涯中國人(散文)	王鼎鈞　著	200元
A119・	田莊人(小說)	洪醒夫　著	190元
A120・	一隻男人(散文)	王盛弘　著	190元
A121・	可愛小詩選(新詩)	向明・白靈　編	160元
A122・	三美神(日本極短篇小說選)	柏　谷　譯	150元
A123・	中國現代文學選集(新詩)	齊邦媛　編	350元
A124・	中國現代文學選集(散文)	齊邦媛　編	240元
A125・	中國現代文學選集(小說)	齊邦媛　編	350元
A127・	天河的水聲(新詩)	馮　青　著	160元
A128・	臺北人(小說)	白先勇　著	260元
	《臺北人》典藏版(小說)	白先勇　著	340元
A130・	荊棘裡的南瓜(散文・小說)	荊　棘　著	160元
A131・	城南舊事(短篇小說)	林海音　著	180元
A133・	良夜星光(短篇小說)	康芸薇　著	140元
A135・	無情不似多情苦(散文)	喻麗清　著	110元
A136・	父王・扁擔・來時路(散文)	蕭　蕭　著	200元
A137・	現代詩遊戲(新詩賞析)	蕭　蕭　著	170元
A145・	隱題詩(新詩)	洛　夫　著	160元
A146・	看不透的城市(散文)	王鼎鈞　著	170元
A147・	洪醒夫小說獎作品集(短篇小說)	鍾鐵民等著	200元
A148・	我在(散文)	張曉風　著	300元

爾雅叢書（1975.7.20～2015.12.10）

A 1・	開放的人生(哲理小品)	王鼎鈞　著	160元
A 2・	三更有夢書當枕(散文)	琦　君　著	180元
A 8・	四重奏(詩選)	王愷・艾笛・隱地・沈臨彬　著	120元
A 11・	昔往的輝光(散文)	柯慶明　著	200元
A 14・	王謝堂前的燕子(評論)	歐陽子　著	290元
A 16・	青春篇(散文)	艾　雯　著	160元
A 18・	桂花雨(散文)	琦　君　著	200元
A 21・	十一個女人(短篇小說)	蕭　颯等著	160元
A 27・	細雨燈花落(散文)	琦　君　著	180元
A 30・	歐遊隨筆(遊記)	隱　地　著	160元
A 32・	愛情詩篇(新詩)	扶　桑　著	140元
A 34・	詞人之舟(文學賞析)	琦　君　著	200元
A 36・	台灣現代詩概觀(評介)	張　默　著	250元
A 37・	移植的櫻花(散文)	歐陽子　著	160元
A 39・	露意湖(長篇小說)	東方白　著	280元
A 41・	雪落無聲(新詩)	洛　夫　著	150元
A 43・	驀然回首(評論)	白先勇　著	160元
A 45・	從徐志摩到余光中(新詩賞析)	羅　青　著	190元
A 46・	桃花盛開(散文)	王盛弘　著	170元
A 48・	黑面慶仔(短篇小說)	洪醒夫　著	200元
A 50・	傘上傘下(散文・小說)	隱　地　著	190元
A 53・	黑暗中的風景(散文)	雷　驤　著	190元
A 60・	幻想的男子(短篇小說)	隱　地　著	190元
A 63・	緣無緣(新詩)	蕭　蕭　著	160元
A 64・	錢塘江畔(短篇小說)	琦　君　著	260元
A 67・	我向南逃(余之良自傳)	余之良　著	240元
A 69・	落葉在火中沈思(散文)	洛　夫　著	160元
A 71・	親親(親情散文選)	張曉風　編	200元
A 75・	詩是什麼(20世紀中國詩人如是說)	沈　奇編選	180元
A 78・	一枚西班牙錢幣的自助旅行(新詩)	李進文　著	150元
A 79・	尋找那隻奇異的鳥(新詩)	沈　奇　著	160元
A 83・	甬道(散文)	李志薔　著	150元
A 85・	飛翔咖啡屋(新詩)	朵　思　著	160元
A 86・	紅塵心事(散文)	袁瓊瓊　著	100元
A 87・	春天坐著花轎來(散文)	管　管　著	90元
A 89・	千曲之島(台灣現代詩選)	張　錯　編	210元
A 90・	隱地看小說(小說欣賞)	隱　地　著	200元
A 92・	有情天地(物情散文選)	張曉風　編	180元
A 93・	有情人(關情散文選)	張曉風　編	160元

爾雅題字：王北岳　爾雅篆印：張慕漁

封面設計：嚴君怡

深夜的人（爾雅叢書之630）

著　者：隱地

校　對：隱地・郭明福・彭碧君

發 行 人：柯青華

出版・發行：爾雅出版社有限公司
臺北郵政三〇—一九〇號信箱
臺北市中正區一〇〇八二
廈門街一一三巷三十三之一號一樓
電話：二三六五四〇三六　傳真：二三六五七〇四七
郵政劃撥：〇一〇四九二五—一
網址：http://www.elitebooks.com.tw
E-mail: elite113@ms12.hinet.net

法律顧問：蕭雄淋律師（北辰著作權事務所）
臺北市潮州街一一六號六樓

印　刷　者：崇寶彩藝印刷股份有限公司
新北市中和區圖通路四三五巷二之十二號

二〇一五（民一〇四）年十二月十日初版

行政院新聞局版臺業字第〇二六五號

定價260元（如有破損或裝訂錯誤請寄回本社更換）

ISBN 978-957-639-597-0

國家圖書館出版品預行編目資料

深夜的人 / 隱地著. --初版. --臺北市：
爾雅, 民 104.12
面； 公分. --（爾雅叢書；630）

ISBN 978-957-639-597-0（平裝）

855 104025467